KB264790

메밀꽃 필 무렵

메밀꽃 필 무렵

이효석 지음

보물창고

차례

● 일러두기

1. 이 책은 1925년부터 1943년까지 발표된 이효석의 작품 중에서 청소년부터 성인 독자까지 두루 공감할 만한 대표적인 단편 10편을 가려 뽑아 실었다.
2. 가능한 한 원문을 살렸으나 이미 사라진 말은 글이 손상되지 않는 범위에서 현대 독자들이 읽기 쉽게 오늘날의 한글맞춤법에 맞게 바로잡았다.
3. 대화는 읽기 쉽게 별행으로 처리하였고, 대화에 나오는 속어·방언·구어체는 그대로 살렸다.
4. 근거를 찾을 수 없는 지문의 표기는 삭제했고, 이효석 문학의 특수성에 의거하여 이음 및 장음부호(—)는 살렸다.
5. 당시에 검열로 삭제된 것으로 짐작되는 부분은 원문대로 ○, × 등의 표기를 그대로 두었다.
6. 설명이 필요한 어휘는 각 작품마다 주석을 달아 표시하고 권말에 그 뜻을 밝혔다.

1부

사냥
고사리
수탉 들
석류

사냥

연해 두어 번 총소리가 산속에 울렸다. 몰이꾼의 행렬은 산등을 넘고 골짜기를 향하여 차차 옴츠러들었다. 발밑에 요란히 울리는 떡갈잎, 가랑잎의 어지러운 소리에 산을 싸고도는 동무들의 고함도 귀 밖에 멀다. 상기된 눈 앞에 민출한 자작나무의 허리가 유난스럽게도 희끔희끔 어린다.

수백 명 학생이 외줄로 늘어서 멀리 산을 둘러싸고 골짜기로 노루를 모조리 내리모는 것이다. 골짜기 어귀에는 오륙 명의 포수가 등대하고[1] 섰다. 노루를 빼울 위험은 포수 편에보다도 늘 포위선에 있다. 시끄러운 책임을 모면하기 위하여 몰이꾼들은 빽빽한 주의와 담력으로 포위선을 한결같이 경계하여야 된다. 적어도 눈앞에서 짐승을 놓쳐서는 안 되는 것이다.

"학년 사이에 연락을 긴밀히! X학년 우익 급속 전진!"

전령이 차례차례 흘러온다.

일제히 내닫느라고 산이 가랑잎 소리에 묻혀 버렸다. 낙엽 속은 걷기 힘들다. 숨들이 막힌다.

학년의 앞장을 선 학보도 양쪽 동무와의 간격을 단단히 단속하면서 헐레벌떡거린다. 참나무 회초리가 사정없이 손등과 낯짝을 갈긴다. 발이 낙엽 속에 빠진다. 홧김에 손에 든 몽둥이로 나뭇가지를 후려치기도 멋없다.

"미친 짓이다. 노루는 잡아 무엇한담."

아까부터—실상은 처음부터 이런 생각이 마음속에 뱅 도는 것이었다. 노루잡이가 그다지 교육의 훈련이 될 듯도 싶지 않으며 쓸모없는 애매한 짐승을 일없이 잡음이 도무지 뜻 없는 일 같다. 소풍이면 소풍, 거저 하루를 산속에서 뛰어노는 편이 더 즐겁지 않은가.

"인간이란 제 생각밖에는 못하는 잔인한 동물이다. 노루잡이는 무의미한 연중행사이다."

기어이 입 밖에 내서까지 중얼거리게 되었다. 땀이 내배등허리가 끈끈하다.

별안간 포위선의 열이 어지럽게 움직이더니 몽둥이가 날며 날쌔게들 뛰어든다. 고함 소리가 산을 흔든다.

"노루, 노루, 노루!"

"우익 주의!"

개암나무 숲에 가리워 노루의 꼴조차 못 보고 어안이 벙벙하여 있는 서슬에 송아지만 한 노루는 별안간 학보의 곁을 쏜 살같이 지나 포위선을 뚫었다. 학보는 거의 반사적으로 몽둥이를 휘두르며 쫓았으나 민첩한 짐승은 순식간에 산등을 넘어 버렸다.

"또 한 마리. 놓치지 마라!"

고함과 함께 둘째 마리가 어느 결엔지 성큼성큼 뛰어오다 벼르고 있는 학보의 자세를 보더니 옆으로 빗뛰어가 이 역 약빠르게 뒷산으로 달아나 버렸다.

껑충한 귀여운 짐승—극히 짧은 찰나의 생각이나 학보는 문득 놓친 것이 아까웠다. 동시에 겸연쩍고 부끄러운 느낌이 났다. 조롱하는 동무들의 말소리가 얼굴을 달게 하였다.

"바보, 노루 두 마리 찾아내라."

이런 말을 들을 때에 확실한 몽둥이로 한 마리라도 두드려 잡았더면 얼마나 버젓하였을까 생각이 났다. 골 안에는 벌써 더 짐승이 없었다. 동무들의 조롱을 하는 수 없이 참으면서 힘없이 산을 내려가는 수밖에는 없었다.

요행이 잡은 것은 있었다. 망아지만 한 한 마리가 배에 탄창을 맞고 쓰러져 있다. 쏜 포수는 쏠 때의 형편을 거듭 말하며 은근히 오늘의 수완을 자랑하는 눈치였다. 다른 포수들은 잠자코만 있었다. 소득이 있으므로 동무들의 문책은 덜해졌으나 학보는 검붉은 피를 흘리고 쓰러진 가여운 짐승을 볼 때 문득 반항심이 솟아오르며 소득을 기뻐하는 몹쓸 무리가 한

없이 미워지고 쏜 포수의 잔등을 총부리로 쳐서 거꾸러뜨리고도 싶은 충동이 솟았다.

품 안에 들어온 두 마리의 짐승을 놓친 것이 얼마나 다행인가. 위대한 공같이도 생각되었다. 잃은 한 마리를 찾노라고 애닲은 가족들이 이 밤에 얼마나 산속을 헤맬까를 생각하면 뼈가 결렸다. 인간의 잔인성이 갑절로 미워지며 '인간 중심주의'의 무도한 사상에 다시 침뱉고 싶었다.

죽은 짐승을 생각하고 며칠을 마음이 언짢았다. 삼사 일이 지난 후에 겨우 입맛도 돌아섰다. 때가 유난스럽게도 맛났다. 기어이 학보는 그날 밤의 진미의 고기를 물어보았다.

"장에 났더라. 노루고기다."

어머니의 대답에 불현듯이 구미가 없어지며 숟가락을 던져 버렸다.

"노루고긴 왜 사요?"

퉁명스런 짜증에 어머니는 도리어 어안이 벙벙한 모양이었다. 학보는 먹은 것을 모두 게우고도 싶었다. 결국 고기를 먹지 말아야 옳을까. 하기는 다시 더 생각이 날 것 같지도 않았다.

고사리

홍수는 축 중에서도 숙성하였다. 유달리 일찍이 앵돌아지게 익은 고추송이랄까. 쥐알봉수[1]요, 감발적귀[2]였으나 야무러지고 슬기로는 어른 뺨쳤다. 들과 냇가에서는 축들을 거느리고 장거리에서는 어른과 결었다. 인동은 홍수를 어른같이 장하게 여겼다. 우러러만 볼 뿐이요, 아무리 바라도 올라갈 수 없는 나무 위 세상에 홍수는 속하고 있는 것이었다. 그가 살고 있는 세상은 아이의 세상이 아니요, 어른의 세상이었다. 어른의 세상은 커다란 매려이었다. 그러므로 홍수는 늘 존경의 목표요, 희망의 봉우리였다. 그는 약빨리 어른을 수입한 천재였다.

이튿날 장거리에서 김 접장과 으른 것만 해도 인동에게는 하늘같이 장하게 생각되었다. 당나귀 발에 징을 박고 있는 김 접장의 상투를 홍수는 뒤로 몰래 가서 보기 좋게 끄들어 흔든 것이다. 영문을 모르고 벌떡 일어서는 김 접장은 서슬에 당나귀 발길에 면상을 채였다. 약이 바짝 올라 쇠망치를 든 채 홍수를 뚜들겨 쫓았다.

"망종의 후레자식."

홍수는 엎어지락 쓰러지락 쫓겼다. 총중[3]에는 홍수를 안된 놈이라고 사설하는 사람도 있기는 있었으나 어른들은 차라리 심심파적으로 바라다들만 보고 있었다. 인동은 누가 이길까 주먹을 오므려 쥐고 속으로는 홍수 편을 부축하였다.

"요놈, 붙들기만 하면 네 아범하구 한데 묶어 강물에 띄울 테다."

"고치 번더지만한 상투를 아주 빼 놀까 부다."

대거리하면서도 홍수는 지쳐서 소 장판으로 뛰어들었다. 그곳에는 말뚝이 지천으로 박혀 있다. 그것을 이용하자는 꾀였다. 가리산지리산[4] 말뚝을 헤치고 날래게 몸을 뒤적거리는 홍수를 쫓기가 유들유들한 김 접장에게는 무척 거북한 듯하여 굽은 말뚝 한 개를 돌다가 기어이 다리를 걸쳐 나가 곤드라지고 말았다. 분김에 불심지가 올라 얼얼한 다리를 비비면서 바짝 길을 조였다. 손아귀에 움켜든 기름종개[5]같이 홍수는 얼른 손 안에 움켜들었다.

"어린놈이 어른에게 대들다니."

"그 잘난 어른."

“아이는 아이와 노는 법인 것을.”

“난 어른야. 어른 하는 것 다 알고 있어.”

“무얼 다 안단 말이야.”

“무엇이든지 다 보았어.”

“무서운 생쥐 같으니.”

어린 볼을 사정없이 갈기고 다시 발칙한 짓 하겠느냐고 으르며 강종받으려 하였으나 홍수는 홀홀히 휘이지 않고 어디까지든지 박서며 겯거니 틀거니 한참 동안이나 실랑이였다. 수많은 눈들과 웃음 속에서 철부지의 하룻강아지를 대수로 하고 그 짓임을 생각하고 김 접장은 열적고[6] 경없어졌다.[7] 사지를 한데 모아 달롱 들어 소장 더미에 갖다 동댕이를 치고 발길로 두어 번 엉덩이를 찼으므로 마음은 한결 누그러졌다. 홍수는 어떻게든지 하여 김 접장의 볼을 한 개 갈겨 보려고 쓰러진 채 손을 휘젓고 애썼으나 헛수고였고, 발길을 돌리는 어른에게 침을 두어 번 뱉았다. 침발은 날려서 다시 얼굴 위에 떨어졌다.

인동은 보고 섰는 동안에 눈물이 돌았다. 오히려 눈물 한 방울 안 흘리고 박서는 딤찬 홍수의 마음을 대신히였음일까. 눈물은커녕 홍수는 도리어 새빨간 얼굴에 입술을 꽉 물더니 벌떡 뒤치고 일어서 한층 노기를 띠었다. 돌멩이를 집어 들고 다시 징 박기를 시작한 김 접장의 뒤로 갔다.

“객쩍은 자식한테 실없이 봉변했다. 여편네 하나 거느리지

못하는 맹추가 멀쩡한 뉘게 분풀이야. 느 여편네 요새 난질[8]
이 나서 넌실넌실 발광인 줄 모르니?”

돌멩이는 공교롭게 상투를 맞췄다. 김 접장은 어이가 없어
더 대거리도 하지 않았다. 다만 눈을 부릅뜨고 돌아섰을 때에
는 홍수는 쏜살같이 거리를 달아나는 판이었다.

여편네가 난질이 났다는 말이 거짓말인지 정말인지 사람들
은 다만 웃음을 머금었을 뿐이었고 김 접장도 더 그 말을 취
사하지 않는 것 같았다.

축들은 홍수를 따라 거리를 벗어나 마을 앞으로들 달렸다.
인동도 그 속에 있었다.

“어른과 싸우기 무섭지 않든?”

풀밭에 왔을 때에 홍수는 축들에게 둘러싸였다. 모두 앞을
다투어 그와 어깨동무 되려고들 하였다. 칭찬의 소리가 요란
스럽게 풀잎을 무질렀다[9].

“무섭기는 그까짓 것 난 세상에 무서운 것 없어 마음이 개
운하다.”

“밤에 선왕 숲에 가도 무섭지 않든?”

“도깨비를 만나도 김 접장같이 해낼걸[10].”

“넌 장사다. 어른이다.”

“요담에 싸울 때 됩데[11] 김 접장의 사지를 묶어 담 속에 처
박으련다.”

축들은 김 접장을 그만 팔불용으로 여기게 되고 홍수를 김

접장보다 훨씬 나은 장사로 생각하게 되었다. 알 수 없이 기운들을 얻어 뛰고 차고 쓰러지고 하였다. 조그만 발밑에서 풀포기가 짓으끄러져서 쓰러지면 옷자락이 푸르게 물들고 하였다.

홍수에게서 갑내집 이야기를 들었을 때 인동은 피가 불끈 솟으며 소름이 돋았다. 춤이 불같이 달다. 홍수의 한마디 한마디를 놓치지 않으려고 몸이 별안간 그에게로 기울어지며 콧방울이 긴장되었다.

"다 보았다. 젖꼭지까지도 발톱까지도 무어고 다 보았어. 무섭더라. 죄지는 것 같더라."

홍수를 그 자리에 때려눕히고도 싶고 그를 칭찬하고 위해주고도 싶다.

"얼른 말을 이어라. 어떻게 해서 보게 되었는지."

"밤은 깊고 달은 밝은데 뒷모양이 아무리 보아도 갑내집이기에 필연 장거리의 어떤 놈팽이와 만나러 가는 눈치 같아서 슬며시 뒤를 따라보았다. 중간에서 두어 번 들켜서 쫓기우고야 말았다. 그러기 때문에 그가 가는 곳을 알게 된 것은 사흘 되던 밤이었다. 어디로 간 줄 아니?"

눈망울이 달빛을 받아 구슬같이 빛났다.

"개울가에 이르더니 조약돌 위에 옷을 훌훌 벗어던지고 둑 밑 웅덩이 속에 풍덩 잠기더구나. 밤마다 그곳에 목물하러 가는 줄을 처음으로 알았다. 둑 옆에 왜 큰 버드나무가 있잖니?

나는 숨을 죽이고 가지 위에 올라 개구리같이 줄기 사이에 배를 납작 붙이고 내려다보았다. 다 보았다. 옆구리에 박힌 점까지 알았다. 무섭더라. 하아얀 살결이 달빛에 쩔어 눈알이 둘러파이는 것같이 부시더라.”

인동은 전신의 피가 수물거리며 머리가 아찔하였다. 숨이 가쁘다.

“장거리에 뜬 술장사가 많이도 오기는 왔지만 난 갑내집만한 일색을 모른다. 그런 품 속에서 하루라도 지내보았으면 어머니 품에서 자는 것보담 얼마나 좋겠니? 지금 생각하면 미친 짓 같으나 보고 있는 동안에 별안간 화가 버럭 나더구나. 아무리 그립다고 생각한대야 우리 같은 것에야 눈이나 한 번 바로 떠 보겠니? 다 어른 차지야. 어른이 되는 수밖에는 없어. 심술 김에 나는 고의 가달을 걷어올리고 다리 사이에 오줌을 깔기기 시작했다. 갑내집은 별안간 빗방울이 듣는 줄만 알고 손바닥을 벌리고 하늘을 쳐다보더구나. 톡톡히 혼을 좀 뽑아 보려고 난 목소리를 내서 황급스런 고함을 쳤다. 저것 봐라. 물 위로 떠가는 저 구렁이! 갑내집은 악 소리를 치더니 기급을 하고 철벙철벙 물가로 나와 치마폭으로 젖은 몸을 가리고 허둥지둥 돌밭을 뛰더구나. 구렁이라니 휘젓고 가는 그의 몸뚱아리야말로 흰 구렁이같이 곱더라.”

인동은 홍수에게 확실히 한 대 먹은 것 같았다. 그 역 갑내집에 대하여서는 홍수와 같은 생각을 가지고 있었다. 자기가 하고 싶던 것을 홍수가 한 걸음 먼저 가로채어서 해 버린 셈이었다. 인동은 자기의 고림쟁이[12]의 성질을 안타깝게 여기고 나무에 오르는 재주 없음을 한탄하는 수밖에는 없었다. 홍수는 민첩한 감동으로 인동의 심중을 족히 헤아릴 수 있었다.

"생각이 있거든 두말 말고 오늘 밤 내 뒤를 대서라. 나무에는 내 떠받들어 올려 줄게. 오늘 밤엔 기막힌 장난해 보지 않으련?—감내집이 물속에 들어갔을 때 몰래 가 벗어 놓은 옷을 집어다 감추는 것이다. 얼마나 난탕을 칠까. 우리 말을 듣거든 의젓이 항복을 받아 내 주자꾸나. 감내집과 친해 가지구 됩데 어른들에게 골탕을 먹이잔 말이다. 달이 벌써 높았다. 감내집은 갔을 게다. 뛰어나가 보자."

꽁하게 맺혔던 인동의 심사도 적이 풀려 이제는 새로운 모험에 가슴이 두렵게 뛰놀았다.

둘은 짧은 그림자를 발 아래 밟으며 달 아래를 돌멩이같이 굴러 달아났다.

감내집의 자태는 보이지 않았다. 나무에 올라서 기다리기로 하고 홍수는 인동의 발을 떠받쳤다. 뒤미처 다람쥐같이 날쌔게 가지 위에 올랐다.

좁은 나뭇가지 위에서는 몸을 쓰기가 거북하였으나 홍수는 누웠다 섰다 앉았다 하여 교묘하게 몸을 쓰며 결코 무료를 느끼는 법이 없었다. 오래 되었어도 물 위에는 그림자가 나타나지 않았다.

별안간 나무 아래에 목소리가 들리기 전까지에는 갑내집은 안 오는 것으로만 생각되었다.

"요 가살이들[13], 나무에는 무엇하러 올라갔어?"

갑내집임을 알았을 때 인동은 몸이 으쓱해지며 두려운 생각이 났다.

"왜 이리 늦었우."

침착한 홍수의 태도도 인동의 설레는 마음을 가라앉히지는 못하였다.

"멀쩡한 각다귀. 언제든지 속을 줄만 알았니. 어른을 노리갯감으로 알고—녀석들."

"어른은 어른 노리개밖엔 안 되나?"

"하는 소리가 너무 엉큼해. 이 녀석들을 어떻게 하면 좋아? 오늘 밤엔 혼을 좀 뽑아 놓겠다."

"오줌을 깔길까 부다."

홍수가 대거리를 하며 띠를 풀려고 할 때 갑내집은 돌연히 기급을 할 듯이 외면하면서 고함을 쳤다.

"에그머니 저것 보아라. 뱀? 나무 위에 서리서리 올라가는 저 구렁이, 에그머니나!"

가리산지리산 내렸다.

"으앗!"

나무에 들어붙었던 인동은 짧은 소리를 치며 정신을 잃었다. 팔에 맥이 풀리며 그대로 나무줄기를 미끄러져 떨어졌다.

그제야 홍수는 일시에 겁을 먹고 어쩔 줄을 모르다가 황급히 떨어져 버렸다. 요행 아래는 풀밭이라 다친 데는 없었으나 인동은 오래 있다 정신을 차렸다. 갑내집은 가고 없었다. 그렇게 그리워하던 것이 불시에 사라진 요물같이 생각되었다.

그 밤 일은 물론 둘만이 알고 있는 비밀이었다.

그 후로 인동은 넋을 떼운 듯이 기운을 잃고 비영거렸으나 들에 나가 뛰고 시내에 나가 잠기고 하는 동안에 차차 기운을 차려 갔다. 홍수는 제 허물도 느끼고 하여 특히 두남두어[14] 뭇시발을 귀찮게 여기지 않았다. 선왕 숲에서 돌배를 두드려 털 때에는 굵은 것을 나눠 주고 물가에서 삼굿[15]을 할 때에는 잘 익은 옥수수 이삭을 인동에게 물려주곤 하였다.

그러면서도 속 궁리는 스스로 달랐다. 홍수는 늘 인동을 한풀 접어놓고 같은 대접을 하지 않았다. 인동을 아직도 풋동이라고만 생각하였기 때문이다. 그것이 인동에게는 맞갖지 않고 슬펐다.

인동이 가진 한 푼의 동전을 탐내면서도 홍수는 속을 뽑힐까 봐서 터놓고 말을 하지 않았다. 제일 굵은 가래나무 열매아 바꾸자는 청이었으나 곧은 불림으로 말하면 거저라도 줄 것을 하고 인동은 녀석의 심중을 서글프게 여기면서 괘장 부리고[16] 싶은 생각조차 들었다.

"무슨 소리인지를 말하려무나."

"싫거든 그만두어라."

되술래잡는[17] 홍수를 야속하게 여기는 한편 두서없는 제 꼴도 경없이 생각되어 인동은 가래와 동전을 바꿔 버렸다.

장날 저녁 때 해가 그윽할 때 풀밭에서 삼굿을 시작하였다. 구덩이를 파고 불을 피우고 조약돌을 모아 쌓고 뻘겋게 달게 달렸다. 신명들이 나서 뛰고 법석들이었으나 그때까지도 홍수의 꼴이 보이지 않음을 인동은 괴이히 여겼다. 또 한 구덩이에 삶을 것을 묻으려 할 때에 홍수는 비로소 뛰어왔다. 품에서 감자와 콩 꼬투리를 수북이 안고 왔다. 늦게까지 장판을 헤매인 눈치였다.

익힐 것을 모조리 묻고 단 돌에 물을 주고 제각각 흩어져 잠시 동안 쉬일 때 인동들은 잔버들 숲에 가서 앉았다.

홍수는 어디서 어떻게 후려 넣은 것인지 온개의 궐련 한 개를 집어내더니 불을 붙였다. 담배와 성냥과―인동에게는 무섭고 놀라운 것이다. 어떻게 피우나 하고 보고 있으려니 홍수는 제법 연기를 길게 마시더니 코와 입으로 휘하고 뽑았다. 눈물은커녕 기침도 하는 법 없다. 찔레같이 밋밋한 궐련이 두 손가락 사이에 간드러지게 쥐었다. 그 곤댓짓[18]하고 거드름 부리는 꼴에 인동은 샘조차 느꼈다.

"어느새 그렇게 배웠니? 늠름한 시늉이 어른 같구나."

"너두 한 모금 피워 보렴. 아무렇지도 않단다. 눈 꾹 감고 목구멍으로 후욱 들여마시문 가슴이 시원하고 연기는 제절로 콧구멍으로 술술 새어 나온다."

인동은 연기를 입 안에 불어 본 적은 있어도 넘겨 본 적은 없었다. 잘못하다가는 당장에 정신이 아찔하여지며 그 자리에 쓰러져 고꾸라질 것 같은 무서운 생각이 들었던 것이다. 넓은 도랑을 뛰어 건널까 말까 망설일 때와도 같았다.

그러나 닦달질하는 홍수의 권도를 못 이겨 결심하고 입에 한 모금 그뜩 머금은 연기를 죽을 셈치고 마셔 보았다. 역시 홍수를 따를 수는 없었다. 금시에 가슴이 훌치는 것 같아 재채기를 하고 눈물이 솟았다. 풀 위에 가슴을 박고 쓰러져 버렸다.

"애초부터 겁을 먹으니 그렇지. 물 마시듯 천연스리 마셔 보렴. 아무렇지도 않지."

홍수는 보라는 듯이 허울 좋게 푹푹 빨아서는 마시고 마시곤 하였다. 인동은 눈물 사이로 하염없이 그 꼴을 바라보았다. 끝끝내 뛰지 못할 도랑 건너편에 있는 홍수였다. 별안간 앵도라진 홍수의 얼굴이 쏜살같이 뒷걸음질쳐 손닿지 못할 먼 곳에 달아나곤 하였다.

"담배쯤에 겁을 먹으니 무엇이 되겠니? 넌 아직두 멀었어. 난 너와 놀기 싫다. 임만해두 어울리지 않어."

인동은 서글펐다. 한 마디 더 하면 눈물이 푹 솟을 것 같다.

"이까짓 담배쯤에!"

홍수는 목소리를 떨어뜨리더니 귀에 입을 갖다 대었다.

"순자 말이다. 너를 좋아하는 눈치더라. 수명이더러 널 늘 데려와 놀라구 그러는 눈친데 녀석이 잊어버리는 것 같애. 거리에선 순자가 제일 낫다. 키두 제일 크구 나배기[19]요, 섬도 들 대로 들었어. 그러나 너 겁을 먹으문 안 된다. 재채기를 하구 쓰러지문 다 틀려. 천연스럽게만 굴문 무서울 것 없어.”

인동은 머리가 어찔어찔하고 눈이 부셨다. 담배보다도 독한 말을 들은 것 같다.

“여기 두 개 있다. 한 개 주마. 접때 넣어 주던 동전으로 가만히 샀다. 오늘 장날 아니냐. 어른 몰래 사느라구 이렇게 늦었다.”

인동은 두 눈을 말똥하게 뜨고 홍수의 손에 쥐인 것을 보았다. 큰일이나 저지른 듯한 현혹한 느낌이었다. 반지였다. 구리실로 가늘게 휘어 만든 노란 반지였다.

“하나는 내 것이다. 알지? 봉이 말이다. 봉이 손가락에 끼워 주련다. 날더러 사 달랬어.”

요란스런 소리가 나며 벌써들 삼굿으로 몰려들어가는 눈치에 홍수는 날쌔게 반지 하나를 인동의 주머니 속에 넣어 주고 자리를 일어섰다.

인동은 무시무시한 생각이 나서 여러 차례나 반지를 풀밭에 내버릴까 궁리하면서 시남시남 홍수의 뒤를 따라 걸었다.

“순자 년 혼자 집 지키기 무섭다더라.”
수명은 누이를 년이라고 부르기가 일쑤였다.

인동은 겸연쩍으면서도 수명의 귀찮은 닦음질 바람에 뒤를 쫓았다.

물론 홍수가 있기 때문도 때문이었으나, 아버지는 나무하러 가고 어머니는 촌으로 술 팔러 간 뒤를 수명 남매가 지키는 때가 많았다. 그런 때는 늘 축들을 불러 놓고 순자는 새로운 장난을 생각해 내곤 하였다. 막우발방[20]의 홍수도 한 고패 위인 순자 앞에서는 한풀 죽고도 겁스럽게 굴었다.

숨바꼭질을 시작하였으나 네 사람만으로는 경없었다. 인동은 혼자 찾아다니는 동안에 뒤뜰에서 순자를 만났을 뿐이요, 수명과 홍수의 꼴은 종시 보이지 않았다. 어느 결엔지 살며시 내뺀 모양이었다.

구럭에 걸린 것 같아 인동도 멋쩍어 그 자리를 감치려 하였으나 순자에게 붙들려 버렸다.

"너 가 버리문 나 어떻게 하니. 무서워서."

나중에는 두 손을 모으고 사정이었다.

"좋아하는 것 줄게."

뒷겻 헛간으로 끌고 가더니 겻섬 속에서 문배를 한두 가리[21] 꺼냈다.

이빨에 군물이 도는 문배는 두려운 맛이었다. 인동은 배 맛도 좋은둥 만둥 한결같이 마음이 조물거렸다.

"이 집은 흉가란다. 밤에는 여기 도깨비가 나와."

인동은 섬뜩하여 모르는 결에 순자에게로 몸을 쏠렸다.

“난 보았다. 파아란 불이 하나 나타나문 이어서 어디선지
두 모르게 둘셋 수없이 몰켜와 왔다 갔다 하며 모였다 흩어졌
다 하다가두 어느 결엔지 웅얼웅얼 부엌으로 몰려들어가 솥
뚜껑 장난이야.”

소름이 돋으며 손에 땀이 배었다. 순자의 품이 어머니의
품같이 믿음직하였다.

“무섬두 퍽 탄다. 애기같구나. 젖 좀 먹으련.”

정신이 들었을 때 가슴에 가물가물 맞치는 것이 있었다.
주머니 속에 손을 넣으니 언제인가 홍수에게 얻은 반지였다.
쓰지 못한 반지였다. 홍수 생각이 났다. 모처럼 간곡히 떼어
주던 것을 당해 보니 헛것이었다. 순자는 담배보다 갑절 더
무서운 것이었다.

인동은 그날을 잊을 수 없었다.

그것은 그가 세상에서 연―알 수 있는 처음이자 마지막 비
밀이었다. 그 순간을 지경으로 인동은 그때까지의 세상에 작
별한 셈이었다. 인동은 벌써 어른들의 세상을 엿본 것이요,
숙성한 홍수의 심중을 알게 된 것이다. 모두가 물론 홍수에게
서 왔다.

망울 선 젖가슴이 유심히도 아프고 부어서 꼼짝달싹하기
싫은 것을 홍수에게 끌려서 인동은 그날도 강변에 목욕을 나
갔다.

헤엄치고 가댁질[22]하고 물싸움하는 동안에 비 맞은 풀포기

같이 퍼들퍼들 살아났다. 파득거리는 조그만 짐승들이었다. 물속과 모래밭에는 발가벗은 짐승들이 고기 떼같이 오르르하였다. 휩쓸려 물싸움질을 시작하면 누구든지 하나가 물벼락을 맞고 고꾸라질 때까지 쉬지들 않았다. 물방울같이 기운들이 그칠 줄 모르고 줄기차게 어느 때까지든지 뻗쳤다. 제 힘에 지치든지 싸움이 터지든지 하여야 비로소 기운은 쉬고 주저든다.

기어이 모래밭에서는 싸움이 터졌다.

패로 갈려 모래가 날으며 몸들이 부딪쳐 쓰러지며 하였다. 인동은 홍수에게 끌려 싸움에는 목을 보지 않고 씻혀진 기운을 간직한 채 동떨어진 나무 그늘로 들어갔다.

벌거벗어도 둘만은 피차에 부끄러운 것이 없었다. 씨름을 하다가 쓰러져 풀을 뽑았다. 씨름의 수로도 당할 수 없는 홍수라는 것을 우두커니 생각하고 있을 때 홍수는 문득 생글생글 웃음을 띠며 인동을 노려보았다.

"너 아직 모르니?"

인동의 따귀를 한 대 갈기며,

"녀석, 오늘은 다 가르쳐 주마."

인동은 다 배웠다. 원숭이같이 홍수를 흉내 내면 되었다. 부끄러운 생각에 몸이 달았다.

순간을 지경으로 인동은 알지 못해 안타깝고 야릇하던 어른의 세상을 철 이르게 가만히 밀수입한 것이었다. 알 수 없이 마음이 즐겁고 대견하고 흐뭇하였다.

완전히 홍수의 축에 들 수 있음이 말할 수 없이 기뻤다. 모래밭에서 싸움들 하는 동무들을 바라볼 때 마음속 은근히 자랑이 솟아올랐다.

순자에 대한 생각이 달리 들었다. 도깨비같이 그를 무서워하고 질겁하던 일이 어리석게 여겨졌다. 그때와 다른 낯으로 대할 날이 언제일까를 마음속 은밀히 생각하여도 보았다.

그러나 여기에서도 또 홍수가 앞장을 섰다. 앞장을 선 것은 장하고 부러운 일이었으나 끔찍이도 무서운 결과를 가져오게 되었다.

하루 저녁 해가 아직도 길게 남았을 때 장거리는 요란한 소동에 한바탕 발끈 뒤집혔다.

술집과 술집 사이 밭둑 헛간에서 일은 터졌다. 홍수는 벌거벗은 채로 들리워냈다. 봉이가 울면서 뒤를 따라 나왔다. 들어낸 것은 봉이 아버지 박 선달이었다.

사람들이 모여들기 전에 든손 처사를 하려고 선달은 홍수를 멱살째 들어 두어 번 후려갈겨 길바닥에 던지고 딸 봉이의 머리채를 잡아끌고 집에 이르러 방구석에 처박았으나 그때에는 벌써 거리는 때 아닌 장판을 이루어 두런두런 모여들어 요란히들 수물거리는 판이었다.

"세상이 무척 약아는졌어. 우리 코 흘리던 나일세. 무서운 세월이야. 강릉집 자네 몇 살 때 시집갔나?”

요란스런 사이로 여인의 웃음소리가 날카롭게 찢어졌다.

“대체 철은 들었을까?”

새로 일어나는 웃음소리가 뒤를 이어 울명줄명 파도쳤다.

“하기는 어른 흉내 내는 것이 아이의 천성인가 부다.”

공론은 그 점에 집중되었다. 의논이 분분하고 실랑이들을 쳤다. 어른들은 이제도 벌써 너그러운 태도로 아이들의 행동을 막아 주고 변호하려는 것이었다.

그러나 김 접장과 갑내집만은 경우가 달랐다. 그들은 홍수가 저지른 일을 고소하게 여겼다. 그 언제와 같이 ‘망종의 후레자식, 엉큼한 각다귀’로 그를 불러 댔다.

인동은 어른 숲에 들어 여러 가지 말을 들으며 엄청나고 두려운 생각이 났다. 홍수와 같이 생각하고 놀 때에는 그들의 하는 일이 모두 바르고 떳떳하게 생각되었으나 어른들 말을 들으면 어느 편이 바른지를 종잡을 수 없었다. 홍수를 대신하여 그 자신이 그 자리에서 갖은 모욕을 다 당하고 있는 것도 같았다. 한결같이 부끄럽고 두려웠다. 순자의 생각도 가슴속에서 멀어졌다.

그러나 이튿날 홍수를 만났을 때에는 그런 생각은 사라지고 다시 그들 생각으로 돌아갔다.

“실없이 망신했다. 어제는 밤새도록 천장에 달아매어 아버지한테 얻어맞았다. 드러나지 않으문 아무 일 없는 것두 눈에 띄기만 하문 사람들은 법석이란다. 사람을 사람은 놀림감 만들기를 좋아하는 무도한 짐승이야. 뻔히 저도 하는 짓을 다른 사람이 하문 웃거든. 쓸데없는 짓야. 겁낼 것 없다. 어른이란 존 것 아니야. 어리석은 물건들이야. 하긴 우리도 이제는 어른이다만⋯⋯."

홍수의 말을 들으면 인동은 다시 기운이 솟았다. 어른에게 대한 부끄러움도 두려움도 어디론지 사라져 버리고 그들의 모든 것이 바르다는 생각이 한결같이 들었다.

김 접장과 갑내집을 톡톡히 해낼 날을 마음속에 그려도 보았다. 홍수의 말은 요술같이도 마음을 취하게 하였다.

인동의 가슴속에는 순자의 생각이 요번에는 떳떳하게 떠올랐다. 홍수와 같이 풀밭을 걸어가며 인동은 네 활개를 활짝 펴고 긴 기내지를 썼다.

수탉

을손은 요사이 울적한 마음에 닭 시중도 게을리하게 되었다. 그 알뜰히 기르던 닭들이 도무지 눈에도 들지 않으며 마음을 당기지 못하였다. 모이는새뤄[1] 뜰 앞을 어른거리는 꼴을 보면 나뭇개비를 집어들게 되었다. 치우지 않은 우리 속은 지저분하기 짝없다.

두 마리를 팔면 한 달 수업료가 된다. 우리 안의 수효가 차차 줄어짐이 그다지 애틋한 것은 아니었다. 도리어 제때 가질 운명을 못 가지고 우리 안을 헤매는, 한 달 동안의 운명을 빗어난 두 마리의 꼴이 눈에 거슬렸다. 학교에 안 가는 그 한 달 수업료가 늘려진 것이다.

그 두 마리 중에서도 못난 한 마리의 수탉—가장 초라한 꼴이었다. 허울이 변변치 못한 위에 이웃집 닭과 싸우면 판판이 겼다. 물어뜯기운 맨드라미에는 언제 보아도 피가 새로이 흘러 있다. 거적눈인데다 한쪽 다리를 전다. 죽지의 깃이 가지런하지 못하고 꼬리조차 짧았다. 어떤 때면 암탉에게까지 쫓겼다. 수탉 구실을 못 하는 수탉이 보기에도 민망하였으나 요사이 와서는 민망한 정도를 넘어 보기 싫은 것이었다. 더구나 한 달의 운명을 우리 안에 더 붙이게 된 것이 을손에게는 밉살스럽고 흉측스럽게 보일 뿐이었다.

학교에 못 가는 마음이 몹시 답답하였다.

능금을 따고 낙원을 쫓기운 것은 전설이나 능금을 따다 학원을 쫓기운 것은 현실이다.

농장의 능금은 금단의 과실이었다.

을손들은 그 율칙을 어긴 것이다.

동무들의 꾀임에 빠졌다느니보다도 을손 자신 능금의 유혹에 빠졌던 것이다. 능금은 사치한 욕망이 아니다. 필요한 식욕이었다.

당번은 다섯 명이었다. 누에를 다 올린 후라 별로 할 일 없이 한가하였던 것이 일을 저지른 시초일는지 모른다. 잡담으로 자정이 되기를 기다렸다가 일제히 방을 나가 어둠 속에 몸을 감추고 과수원의 철망을 넘었다.

먹다 남은 것을 아궁이 속에 넣은 것은 감쪽같았으나 마지막 한 개를 방 구석 뽕잎 속에 간직한 것이 실책이었다.

이튿날 아침 과수원 속의 발자취가 문제되었을 때 공교롭게도 뽕잎 속의 그 한 개가 발견되었다.

수색의 길은 빠하다. 간밤에 다섯 명의 당번이 차례로 밤 담임 앞에 불리우게 되었다.

굳게 언약을 해 놓고서도 어느 때나 마찬가지로 그 어디로부터인지 교묘하게 부서진다. 약한 한 사람의 동무의 입에서 기어이 실토가 된 모양이었다. 한 사람씩 거듭 불려 들어갔다.

두 번째 호출이 시작되었을 때 을손은 괴상한 곳에 있었다.

몸이 무거워 그곳에 들어간 것이 아니라 얼마 동안의 귀찮은 시간을 피하려 일부러 그런 곳을 고른 것이었다.

한 사람이 들어가 간신히 웅크리고 앉았을 만한 네모진 그 좁은 공간―거북스럽기는 하여도 가장 마음 편한 곳도 그곳이었다. 그곳에 앉았으면 마치 바닷물 속에 잠겨 있는 것과도 같이 몸이 거뿐한 까닭이다.

밖 운동장에서는 동물들이 지껄이는 소리, 웃음소리, 닫는 소리에 섞여 공 구르는 가벼운 소리가 쉴 새 없이 흘러와 몸은 그 즐거운 소리를 타고 뜬 것 같다.

을손은 현재 취조를 받고 있을 당번의 동무들과 자신의 형편조차 잊이 비리고 유유히 주머니 속에서 담배를 한 개 십어 내서 불을 붙였다. 실상인즉 담배도 능금과 같이 금단의 것이었으나 율칙을 어김은 인류의 조상이 끼쳐준 아름다운 공덕이다. 더구나 그곳에서 한 모금 피우기란 무상의 기쁨이라고 을손은 생각하는 것이었다.

　이것도 그곳의 특이한 풍속으로 벽에는 옷을 입지 않을 때의 남녀의 원시적 자태가 유치한 필치로 낙서되어 있다. 간단한 선, 서투른 그림이면서도 그것은 일종의 기쁨이었다.

　을손도 알 수 없는 유혹을 받아 주머니 속에서 무딘 연필을 찾아 향기로운 연기를 길게 뿜으면서 상상을 기울여 그림을 그리기 시작했다.

　능금을 먹은 위에 담배를 피우며 낙서를 하며—우빈[2]을 거듭하는 동안에 을손은 문득 학교가 싫은 생각이 불현듯이 들었다—가령 학교에서 능금 딴 제자를 문초한 교사가 일단 집에 돌아갔을 때 이웃집 밭의 능금을 딴 어린 아들을 무슨 방법으로 처벌할 것이며, 그 자신 능금을 따던 소년 시대를 추억할 때 어떤 감상과 반성이 생길 것인가. 또 혹은 학교에서 절제의 미덕을 가르치는 교사 자신이 불의의 정욕에 빠졌을 때 그 경우는 어떻게 설명하여야 옳을 것인가.—마치 십계명을 설교하는 목사 자신이 간음의 죄에 신음하는 것과도 흡사한 그 경우를.

　가깝게 생각하여 특수한 과학과 기술을 배워야 그것을 이용할 자신의 농토조차 없는 형편이 아닌가.

　변변치 못하다. 초라하다. 잔단[3] 보수를 바라 이 굴욕을 받는 것보다는 차라리 좁고 거북한 굴레를 벗어나 아무 데로나 넓은 세상으로 뛰고 싶다.

　을손의 생각은 고삐를 놓은 말같이 그칠 바를 몰랐다.

아마도 오래된 듯하다.

하학 종소리가 어지럽게 울렸다.

이튿날 아버지는 단벌의 나들이 두루마기를 입고 학교에 불리었다.

무기정학의 처분이었다.

아버지는 어안이 벙벙한 모양이었다.—정든 아들을 매질할 수도 없었으므로.

을손은 우리 안의 닭을 모조리 훌두드려 팔아 가지고 내빼고 싶은 생각이 불같이 났으나 그것도 할 수 없어 빈손으로 집을 떠났다.

이웃 고을을 헤매이다 사흘 만에 다시 집으로 돌아왔다.

밭일도 거들 맥 없이 며칠은 천치같이 보낼 수밖에 없었다.

우리 안의 닭의 무리가 눈에 나보였다. 가운데에서도 못난 수탉의 꼴은 한층 초라하다. 고추장에 밥을 비벼 먹여도 이웃 집 닭에게 지는 가련한 신세가 보기에도 안타까왔다.

못난 수탉, 내 꼴이 아닌가—을손은 화가 버럭 났다.

한가한 판이라 복녀와는 자주 만날 수는 있는 처지였으나 겸연쩍은 마음에 도리어 주저되었다.

을손의 처분을 복녀는 확실하게 좋게 여기지는 않는 눈치였다.

복녀는 의지의 여자였다. 반 년 동안의 원잠종[4] 제조소의 견습생 강습을 마친 터이라, 오는 봄부터는 면의 잠업 지도생으로 나갈 처지였다. 건듯하면 게을리되는 을손의 공부를 권하여 주고 매질하여 주는 복녀였다. 학교를 마치면 맞들고 벌자는 언약이었으나 을손의 이번 실수가 복녀를 실망시킨 것은 확실하였다. 무능한 사내—복녀에게 이같이 의미 없는 것은 없었다.

하루 저녁 복녀를 찾았을 때 을손에게는 모든 것이 확적히 알렸다.

나온 것은 복녀가 아니요, 복녀의 어머니였다.

"앞으론 출입도 피차에 잦지 못하게 될 것을 생각하니 섭섭하기 그지없네."

뜻을 몰라 우두커니 서 있으니 복녀의 어머니는 말을 이었다.

"기어이 알맞은 사람을 하나 구해 봤네."

천근 같은 무쇠가 등골을 내려쳤다.

"조합에 얌전한 사람이 있다기에 더 캐지도 않고 작정하여 버렸어."

복녀는 찾아볼 생각도 못 하고 을손은 허전허전 뛰어나왔다.

"복녀의 뜻일까, 춘향모의 짓일까."

물을 필요도 없었다.

눈앞이 어둡고 천지가 헐어지는 것 같았다.

며칠 동안은 눈에 아무것도 어리우지 않았다.

앙상한 밤송이 같은 현실.

한 달이 넘어도 학교에서는 복교의 통지도 없다.

저녁때였다.

닭이 우리 안에 들어 각각 잠자리를 차지하였을 때 마을 갔던 수탉이 어슬어슬 돌아왔다.

또 싸운 모양이었다.

찢어진 맨드라미에는 피가 생생하고 퉁겨진 죽지의 깃이 거꾸로 뻗쳤다.

다리를 저는 것은 일반이나 걸어오는 방향이 단정치 못하다. 자세히 보니 눈이 한쪽 찌그러진 것이었다. 감긴 눈으로 피가 흘러 털을 물들였다.

참혹한 꼴이었다.

측은한 생각은 금시에 미움의 감정으로 변하였다. 을손은 불같은 화가 버럭 났다.

—그 꼴을 하고 살아서는 무엇해.

살기를 띤 손이 부르르 떨렸다. 손에 잡히는 것을 되구 말구 닭에게 던졌다.

공칙하게도 명중되어 순간 다리를 뻗고 푸득거리는 꼴에서 을손은 시선을 피해 버렸다. 끊었다 이었다 하는 가엾은 비명이 을손의 오장을 뒤흔들어 놓은 듯하었다.

들

1

꽃다지, 질경이, 나생이, 딸장이, 민들레, 솔구장이, 쇠민장이, 길오장이, 달래, 무릇, 시금치, 씀바귀, 돌나물, 비름, 능쟁이.

들은 온통 초록 전에 덮여 벌써 한 조각의 흙빛도 찾아볼 수 없다. 초록의 바다.

초록은 흙빛보다 찬란하고 눈빛보다 복잡하다. 눈이 보얗게 깔렸을 때에는 흰빛과 능금나무의 자줏빛과 그림자의 옥색빛밖에는 없어 단순하기 옷 벗은 여인의 나체와 같던 것이 ─봄은 옷 입고 치장한 여인이다.

흙빛에서 초록으로─이 기막힌 신비에 다시 한 번 놀라볼 필요가 없을까. 땅은 어디서 어느 때 그렇게 많은 물감을 먹었길래 봄이 되면 한꺼번에 그것을 이렇게 지천으로 뱉어 놓을까. 바닷물을 고래같이 들이켰던가. 하늘의 푸른 정기를 모르는 결에 함빡 마서 두었던가. 그것을 빗물에 풀어 시절이 되면 땅 위로 솟쳐 보내는 것일까. 그러나 한 포기의 풀을 뽑아 볼 때 잎새만이 푸를 뿐이지 뿌리와 흙에는 아무 물들인 자취도 없음은 웬일일까. 시험관 속 붉은 물에 약품을 넣으면 그것이 금시에 파랗게 변하는 비밀—그것과도 흡사하다. 이 우주의 비밀의 약품—그것은 결국 알 바 없을까. 한 톨의 보리알이 열 낱으로 나는 이치는 가르치는 이 있어도 그 보리알에서 푸른 잎이 돋는 조화의 동기는 옳게 말하는 이 없는 듯하다. 사람의 지혜란 결국 신비의 테두리를 뱅뱅 돌 뿐이요, 조화의 속의 속은 언제까지나 열리지 않는 판도라의 상자일 듯싶다. 초록 풀에 덮인 땅속의 뜻은 초록 옷을 입은 여자의 마음과도 같이 엿볼 수 없는 저 건너 세상이다.

얀들얀들 나부끼는 초목의 양자는 부드럽게 솟는 음악. 줄기는 굵고 잎은 연한 멜로디의 마디마디이다. 부피 있는 대궁은 나팔 소리요, 가는 가지는 거문고의 음률이라고도 할까. 알레그로가 지나고 안단테에 들어갔을 때의 김동—그것이 봄의 걸음이다. 풀 위에 누워 있으면 은근한 음악의 율동에 끌려 마음이 너볏너볏 나부낀다.

꽃다지, 질경이, 민들레…… 가지가지 풋나물을 뜯어 먹으면 몸이 초록으로 물들 것 같다. 물들어야 될 것 같다. 물들어야 옳을 것 같다. 물들지 않음이 거짓말이다. 물들지 않으면 안 될 것 같다.

새가 지저귄다. 꾀꼬리일까.

지평선이 아롱거린다.

들은 내 세상이다.

2

언제까지든지 푸른 하늘을 우러러보고 있으면 나중에는 현기증이 나며 눈이 둘러빠질 듯싶다. 두 눈을 뽑아서 푸른 물에 채웠다가 라무네[1] 병 속의 구슬같이 차진 놈을 다시 살 속에 박아 넣은 것과도 같이 눈망울이 차고 어리어리하고 푸른 듯하다. 살과는 동떨어진 유리알이다. 그렇게도 하늘은 맑고 멀다. 눈이 아픈 것은 그 하늘을 발칙하게도 오랫동안 우러러본 벌인 듯싶다. 확실히 마음이 죄송스럽다. 반나절 동안 두려움 없이 하늘을 똑바로 치어다볼 수 있는 사람이란 세상에서도 가장 착한 사람이거나 그렇지 않으면 가장 용기 있는 악한이어야 할 것이다. 그렇게도 푸른 하늘은 거룩하다.

눈을 돌리면 눈물이 푹 쏟아진다. 벌판이 새파랗게 물들어 눈앞에 아물아물한다. 이런 때에는 웬일인지 구름 한 점도 없다. 곁에는 한 묶음의 꽃이 있다. 오랑캐꽃, 고들빼기, 노고초, 새고사리, 까치무릇, 대계, 마타리, 차치광이. 나는 그것들을 섞어 틀어 꽃다발을 겯기 시작한다. 각색 꽃판과 꽃술이

무릎 위에 지천으로 떨어진다. 그것은 헤어지는 석류 알보다
도 많다.

나는 들이 언제부터 이렇게 좋아졌는지를 모른다. 지금에
는 한 그릇의 밥 한 권의 책과 똑같은 지위를 마음속에 차지
하게 되었다. 책에서 읽은 이론도 아니요 얻어들은 이치도 아
니요 몇 해 동안 하는 일 없이 들과 벗하고 지내는 동안에 이
유 없이 그것은 살림 속에 푹 젖었던 것이다. 어릴 때에 동무
들과 벌판을 헤매며 찔레를 꺾으러 가시덤불 속에 들어가고
소똥버섯을 따다 화로 속에 굽고, 메를 캐러 밭이랑을 들치며
골로 말을 만들어 끌고 다니노라고 집에서보다도 들에서 더
많이 날을 지우던—그때가 다시 부활하여 돌아온 셈이다. 사
람은 들과 떼려야 뗄 수 없는 인연에 있는 것 같다.

자연과 벗하게 됨은 생활에서의 퇴각을 의미하는 것일까.
식물적 애정은 반드시 동물적 열정이 진한 곳에 오는 것일까.
학교를 쫓기고 서울을 물러오게 된 까닭으로 자연을 사랑하
게 된 것일까. 그러나 동무들과 골방에서 만나고 눈을 기여[2]
거리를 돌아치다 붙들리고 뛰다 잡히고 쫓기고—하였을 때의
열정이나 시금에 들을 사랑하는 열정이나 일반이다. 지금의
이 기쁨은 그때의 그 기쁨과도 흡사한 것이다. 신념에 목숨
을 바치는 영웅이라고 인간 이상이 아닐 것과 같이 들을 사랑
하는 졸부라고 인간 이하는 아닐 것이다. 아직도 굳은 신념을
가지면서 지난날에 보던 책들을 들척거리다가도 문득 정신을

놓고 의미 없이 하늘을 우러러보는 때가 많다.

"학보, 이제는 고향이 마음에 붙는 모양이지."

마을 사람들은 조롱도 아니요 치사도 아닌 이런 말을 던지게 되었고 동구 밖에서 만나는 이웃집 머슴은 인사 대신에 흔히

"해동지 늪에 붕어떼 많던가?"

고기 사냥 갈 궁리를 하거나 그렇지 않으면

"십리정 보리 고개 숙었던가?"

하고 곡식의 소식을 묻게 되었다.

마을 사람들보다도 내가 더 들과 친하고 곡식의 소식을 잘 알게 된 증거이다.

나는 책을 외우듯이 벌판의 구석구석을 샅샅이 외우고 있다.

마음속에는 들의 지도가 세밀히 박혀 있고 사철의 변화가 표같이 적혀 있다. 나는 들사람이요 들은 내 것과도 같다.

어느 논 두덩의 청대콩이 가장 진미이며 어느 이랑의 감자가 제일 굵다는 것을 알 수 있다. 새발고사리가 많이 피어 있는 진펄과 종달새 뜨는 보리밭을 짐작할 수 있다. 남대천 어느 모퉁이를 돌 때 가장 고기가 흔하다는 것도 알게 되었다. 개리, 쇠리, 불거지가 덕실덕실 끓는 여울과 미유기, 뚜구뱅이가 잠겨 있는 웅덩이와 쏘가리, 꺽지가 누워 있는 바위 밑과―매재와 고들매기를 잡으려면 철교께서도 몇 마장을 더 올라가야 한다는 것과 쇠치네와 기름종개를 뜨려면 얼마나 벌판을 나가야 될 것을 안다. 물 건너 귀룽나무 수풀과 방치

골 으름덩굴 있는 것을 아는 것은 아마도 나쁜일 듯싶다.

학교를 퇴학 맞고 처음으로 도회를 쫓겨 내려왔을 때에 첫걸음으로 찾은 곳은 일갓집도 아니요 동무 집도 아니요 실로 이 들이었다. 강가의 사시나무가 제대로 있고 버들숲 둔덕의 잔디가 헐리지 않았으며 과수원의 모습이 그대로 남은 것을 보았을 때의 기쁨이란 형언할 수 없이 큰 것이었다. 고향을 그리워하는 마음이란 곧 산천을 사랑하고 벌판을 반가워하는 심정이 아닐까. 이런 자연의 풍물을 내놓고야 고향의 그림자가 어디에 알뜰히 남아 있는가. 헐리어 가는 초가지붕에 남아 있단 말인가. 고향을 꾸미는 것은 사람이면서도 그리운 것은 더 많이 들과 시냇물이다.

3

시절은 만물을 허랑하게[3] 만드는 듯하다.

짐승은 드러내 놓고 모든 것을 들의 품속에 맡긴다.

억새풀 숲에서 새 둥우리를 발견한 것을 나는 알 수 없이 기쁘게 여겼다. 거룩한 것을—아름다운 것을—찾은 느낌이다. 집과 가족들을 송두리째 인심하고 땅에 맡기는 마음씨가 거룩하다. 풀과 깃을 모아 두툼하게 결은 둥우리 안에는 아직 까지 않은 알이 너덧 알 들어 있다. 아롱아롱 줄이 선 풋대추만큼씩 한 새알. 막 뛰어 나려는 생명을 침착하게 간직하고 있는 얇은 껍질—금시에 딸깍 두 조각으로 깨뜨려질 모태—

창조의 보금자리!

그 고요한 보금자리가 행여나 놀라고 어지럽혀질까를 두려워하여 둥우리 기슭에 손가락 하나 대기조차 주저되어 나는 다만 한참 동안이나 물끄러미 바라보고 섰다가 풀포기를 제대로 덮어 놓고 감쪽같이 발을 옮겨 놓았다. 금시에 알이 쪼개어지며 생명이 돋아날 듯싶다. 등 뒤에서 새가 푸드득 날아뜰 것 같다. 적막을 깨뜨리고 하늘과 들을 놀래며 푸드득 날았다! 생각에 마음이 즐겁다.

그렇게 늦게 까는 것이 무슨 새일까. 청새일까. 덤불지일까. 고요하게 뛰노는 기쁜 마음을 걷잡을 수 없어 목소리를 내서 노래라도 부를까 느끼며 둑 아래로 발을 옮겨 놓으려다 문득 주춤하고 서 버렸다.

맹랑한 것이 눈에 뜨인 까닭이다. 껄껄 웃고 싶은 것을 참고 풀 위에 주저앉았다. 그 웃고 싶은 마음은 노래라도 부르고 싶던 마음의 연장인지도 모른다. 다시 말하면 그 맹랑한 풍경이 나의 마음을 결코 노엽히거나 모욕한 것이 아니요 도리어 아까와 똑같은 기쁨을 자아내게 한 것이다. 일반적으로 창조의 기쁨을 보여 준 것이다.

개울녘 풀밭에서 한 자웅의 개가 장난치고 있는 것이다. 하늘을 겁내지 않고 들을 부끄러워하지 않고 사람의 눈을 꺼리는 법 없이 자웅은 터놓고 마음의 자유를 표현할 뿐이다. 부끄러운 것은 도리어 이쪽이다. 나는 얼굴을 붉히면서 대중

없이 오랫동안 그 요절할 광경을 바라보기가 몹시도 겸연쩍
었다. 확실히 시절의 탓이다. 가령 추운 겨울 벌판에서 나는
그런 장난을 목격한 일이 없다. 역시 들이 푸를 때 새가 늦은
알을 깔 때 자웅도 농탕치는 것이다. 나는 그 광경을 성내서
는 비웃어서는 안 되었다.

　보고 있는 동안에 어디서부터인지 자웅에게로 돌멩이가 날
아들었다. 킬킬킬킬 웃음소리가 나며 두 번째 것이 날았다.
가제나 몸이 떨어지지 않는 자웅은 그제야 겁을 먹고 흘금흘
금 눈을 굴리며 어색한 걸음으로 주책스러운 두 몸을 비틀거
렸다. 나는 나 이외에 그 광경을 그때까지 은근히 바라보고
있던 또 한 사람이 부근에 숨어 있음을 비로소 알고 더한층
부끄러운 생각이 와락 나며 숨도 크게 못 쉬고 인기척을 죽이
고 잠자코만 있을 수밖에는 없었다.

　세 번째 돌멩이가 날리더니 이윽고 호담스러운 웃음소리가
왈칵 터지며 아래편 숲 속에서 사람의 그림자가 덥석 뛰어나
왔다. 빨래 함지를 인 채 한 손으로는 연해 자웅을 쫓으면서
어깨를 떨며 웃음을 금할 수 없다는 자세였다. 그 돌연한 인물
에 나는 놀랐다. 한편 엉겼던 마음이 풀리기도 히였다. 옥분
이었다. 빨래를 하고 나자 그 광경임에 마음속 은밀히 흠뻑
그것을 즐기고 난 뒤인 모양이었다. 그러나 나의 놀람보다도
옥분이가 문득 나를 보았을 때의 놀람—그것은 몇 곱절 더 큰
것이었다. 별안간 웃음을 뚝 그치고 주춤 서는 서슬에 머리에

이었던 함지가 왈칵 떨어질 판이었다. 얼굴의 표정이 삽시간에 검붉게 질려 굳어졌다. 눈알이 땅을 향하고 한편 손이 어쩔 줄 몰라 행주치마를 의미 없이 꼬깃거렸다.

별안간 깊은 구렁에 빠진 것과도 같은 그의 궁색한 처지와 덴 마음을 건져 주기 위하여 나는 마음에도 없는 목소리를 일부러 자아내어 관대한 웃음을 한바탕 웃으면서 그의 곁으로 내려갔다.

"빌어먹을 짐승들."

마음에도 없는 책망이었으나 옥분의 마음을 풀어 주자는 뜻이었다.

"득추 녀석쯤이 너를 싫달 법 있니. 주제넘은 녀석."

이어 다짜고짜로 그의 일신이 이야기를 집어낸 것은 그의 주의를 다른 곳으로 돌리자는 생각이었다. 군청 고원 득추는 일껏 옥분과 성혼이 된 것을 이제 와서 마다고 투정을 내고 다른 감을 구하였다. 옥분의 가세가 빈한하여 들고날 판이므로 혼인한 뒤에 닥쳐올 여러 가지 귀찮은 거래를 염려하여 파혼한 것이 확실하다. 득추의 그런 꾀바른[4] 마음씨를 나무라는 것은 나뿐이 아니었다. 마을 사람들은 거개 고원의 불신을 책하였다.

"배반을 당하고 분하지도 않으냐?"

"모른다."

옥분은 도리어 짜증을 내며 발을 떼 놓았다.

"그 녀석 한번 해내 줄까."

웬일인지 그에게로 쏠리는 동정을 금할 수 없다.

"쓸데없는 짓 할 것 있니?"

동정의 눈치를 알면서도 시침을 떼는 옥분의 마음씨에는 말할 수 없이 그윽한 것이 있어 그것이 은연중에 마음을 당긴다.

눈앞에 멀어지는 그의 민출한 자태가 가슴속에 새겨진다. 검은 치마폭 밑으로 드러난 불그레한 늠춧한 두 다리—자작나무보다도 더 아름다운 것—헐벗기 때문에 한결 빛나는 것—세상에도 가지고 싶은 탐나는 것이다.

4

일요일인 까닭에 오래간만에 문수와 함께 둑 위에서 하루를 보낼 수 있었다. 날마다 거리의 학교에 가야 하는 그를 자주 붙들어 낼 수는 없다. 일요일이 없는 나에게도 일요일이 있는 것이다.

바다를 바라볼 수 있는 둑에 오르면 마음이 활짝 열리는 듯이 시원하다. 바닷바람이 아직 조금 차기는 하나 신선한 맛이다. 잔디밭에는 간간이 피지 않은 해당화 봉오리가 조촐하게 섞였으며 둑 맞은편에 군데군데 모여선 백양나무 잎새가 햇빛에 반짝반짝 나부껴 은가루를 뿌린 것 같다.

문수는 빌려갔던 몇 권의 책을 돌려주고 표해 두었던 몇 구절의 뜻을 질문하였다. 나는 그에게는 하루의 선배인 것이다.

돈독하게 뛰어주는[5] 것이 즐거운 의무도 되었다.

'공부'가 끝난 다음 책을 덮어 두고 잡담에 들어갔을 때에 문수는 탄식하는 어조였다.

"학교가 점점 틀려 가는 모양이다."

구체적 실례를 가지가지 들고 나중에는 그 한 사람의 협착한 처지를 말하였다.

"책 읽는 것까지 들키었네. 자네 책도 뺏길 뻔했어."

짐작되었다.

"나와 사귀는 것이 불리하지 않은가?"

"자네 걸은 길대로 되어 나가는 것이 뻔하지. 차라리 그 편이 시원하겠네."

너무 궁박한 현실 이야기만도 멋없어 두 사람은 무릎을 툭 털고 일어서 기분을 가다듬고 노래를 불렀다. 아는 말 아는 곡조를 모조리 불렀다.

노래가 진하면 번갈아 서서 연설을 하였다. 눈앞에 수많은 대중을 가상하고 목소리를 다하여 부르짖어 본다. 바닷물이 수물거리나 어쩌나 새들이 놀라서 떨어지나 어쩌나를 시험하려는 듯이도 높게 고함쳐 본다. 박수하는 사람은 수만의 대중 대신에 한 사람의 동무일 뿐이나 지껄이는 동안에 정신이 흥분되고 통쾌하여 간다. 훌륭한 공부 이외 단련이다.

협착한 땅 위에 그렇게 자유로운 벌판이 있음이 새삼스러운 놀람이다. 아무리 자유로운 말을 외쳐도 거기에서만은 '중지'를 당하는 법이 없으니까 말이다. 땅 위는 좁으면서도 넓은 셈인가.

둑은 속 풀리는 시원한 곳이며 문수와 보내는 하루는 언제든지 다시없이 즐거운 날이다.

5

과수원 철망 너머로 엿보이는 철 늦은 딸기―잎새 사이로 불긋불긋 돋아난 송이 굵은 양딸기―지날 때마다 건강한 식욕을 참을 수 없다.

더구나 달빛에 젖은 딸기의 양자란 마치 크림을 끼얹은 것과도 같아서 한층 부드럽게 빛난다.

탐나는 열매에 눈독을 보내며 철망을 넘기에 나는 반드시 가책과 반성으로 모질게 마음을 매질하지는 않았으며 그럴 필요도 없었다. 그것이 누구의 과수원이든 간에 철망을 넘는 것은 차라리 들사람의 일종의 성격이 아닐까.

들사람은 또한 한편 그것을 용납하고 묵인하는 아량도 가지고 있는 것이다. 나는 몇 해 동안에 완전히 이 야취[6]의 성격을 얻어 버린 것 같다.

흐뭇한 송이를 정신없이 따서 입에 넣으면서도 철망 밖에서 다만 탐내고 보기만 할 때보다 한층 높은 감동을 느끼지 못하게 됨은 도리어 웬일일까. 입의 감동이 눈의 감동보다 떨어지는 탓일까. 생각만 할 때의 감동이 실상 당하였을 때의 감동보다 항용 더 나은 까닭일까. 나의 욕심을 만족시키기에는 불과 몇 송이의 딸기가 필요할 뿐이었다. 차라리 벌판에 지천으로 열려 언제든지 딸 수 있는 들딸기 편이 과수원 안의 양딸기보다 나음을 생각하며 나는 다시 철망을 넘었다.

멍석딸기, 중딸기, 장딸기, 나무딸기, 감대딸기, 곰딸기, 닷딸기, 뱀딸기……

능금나무 그늘에 난데없는 사람의 그림자를 발견하자 황급히 뛰어넘다 철망에 걸려 나는 옷을 찢었다. 그러나 옷보다도 행여나 들키지나 않았나 하는 염려가 앞서 허둥지둥 풀 속을 뛰다가 또 공교롭게도 그가 옥분임을 알고 마음이 일시에 턱 놓였다. 그 역 딸기밭을 노리고 있던 터가 아닐까. 철망 기슭을 기웃거리며 능금나무 아래 몸을 간직하고 있지 않았던가.

언제인가 개천 둑에서 기묘하게 만난 후 두 번째의 공교로운 만남임을 이상하게 여기고 있는 동안에 마음이 퍽이나 헐하게 놓여졌다. 가까이 가서 시룽시룽[7] 말을 건 것도 그리 어색하지 않고 도리어 자연스러웠다. 그 역시 스스러워하지 않고 수월하게 말을 받고 대답하고 하였다. 전날의 기묘한 만남이 확실히 두 사람의 마음을 방긋이 열어 놓은 것 같다.

"딸기 따 줄까?"

"무서워!"

그의 떨리는 목소리가 왜 그리도 나의 마음을 끌었는지 모른다. 나는 떨리는 그의 팔을 붙들고 풀밭을 지나 버드나무

숲 속으로 들어갔다. 그의 입술은 딸기보다도 더 붉다. 확실
히 그는 딸기 이상의 유혹이었다.

"무서워."

"무섭긴."

하고 달래기는 하였으나 기실 딸기를 훔치러 철망을 넘을 때
와 똑같이 가슴이 후둑후둑 떨림을 어쩌는 수 없었다. 버드나
무 잎새 사이로 달빛이 가늘게 새어들었다. 옥분은 굳이 거역
하려고 하지 않았다.

양딸기 맛이 아니요 확실히 들딸기 맛이었다. 멍석딸기 나
무딸기의 신선한 감각에 마음은 흐뭇이 찼다.

아무리 야취의 습관에 젖었기로 철망 너머 딸기를 딸 때와
일반으로 아무 가책도 반성도 없었던가. 벌판서 장난치던 한
자웅의 짐승과 일반이 아닌가. 그것이 바른가 그래서 옳을까
하는 한 줄기의 곧은 생각이 한결같이 뻗쳐오름을 억제할 수
는 없었다. 결국 마지막 판단은 누가 옳게 내릴 수 있을까.

6

며칠이 지나도 여전히 귀찮은 생각이 머릿속에 뱅 돈다.
어수선한 마음을 활짝 씻어 버릴 양으로 아침부터 그물을 들
고 집을 나섰다.

그물을 후릴 곳을 찾으면서 남대천 물줄기를 따라 올라간
것이 시적시적 걷는 동안에 어느덧 철교께서도 근 십 리를 올

라가게 되었다. 아무 고기나 닥치는 대로 잡으려던 것이 그렇게 되고 보니 불현듯이 고들매기를 후려 볼 욕심이 솟았다. 고기 사냥 중에서도 가장 운치 있고 흥 있는 고들매기 사냥에 나는 몇 번인지 성공한 일이 있어 그 호젓한 멋을 잘 안다. 그중 많이 모여 있을 듯이 보이는 그럴듯한 여울을 점쳐 첫 그물을 던져 보기로 하였다.

산속에 오목하게 둘러싸인 개울—물도 맑거니와 물소리도 맑다. 돌을 굴리는 여울 소리가 티끌 한 점 있을 리 없는 공기와 초목을 영롱하게 울린다. 물속에 노는 고기는 산신령이나 아닐까.

옷을 활짝 벗어부치고 그물을 메고 물속에 뛰어들었다. 넉넉히 목욕할 시절임에도 워낙 산골 물이라 뼈에 차다. 마음이 한꺼번에 씻겨졌다느니보다도 도리어 얼어붙을 지경이다. 며칠 내로 내려오던 어수선한 생각이 확실히 덜해지고 날아갔다고 할까. 그러나 그러면서도 마지막 한 가지 생각이 아직도 철사같이 가늘게 꿰뚫고 흐름을 속일 수는 없었다.

'사람의 사이란 그렇게 수월할까.'

옥분과의 그날 밤 인연이 어처구니없게 쉽사리 맺어진 것이 의심쩍은 것이었다. 아무 마음의 거래도 없던 것이 달빛과 딸기에 꼬임을 받아 그때 그 자리에서 금방 응낙이 되다니. 항용 거기에 이르기까지의 두 사람의 마음의 교섭이란 이야기 속에서 읽을 때에는 기막히게 장황하고 지루한 것이었는데 그것이 그렇게 수월할 리 있을까. 들 복판에서는 수월한 법인가.

'책임 문제는 생기지 않는가?'

생각은 다시 솔솔 풀린다. 물이 찰수록 생각도 점점 차게 만들어 간다.

물이 다리목을 넘게 되었을 때 그쯤에서 한 훑기 던져 보려고 그물을 펴 들고 물속을 가늠 보았다. 속물이 꽤 세어 다리를 훑친다. 물때 낀 돌멩이가 몹시 미끄러워 마음대로 발을 디딜 수 없다. 누르칙칙한 물속이 적확히 보이지 않는다. 몇 걸음 아래편은 바위요 바위 아래는 소가 되어 있다.

그물을 던질 때의 호흡이란 마치 활을 쏠 때의 그것과도 같이 미묘한 것이어서 일종의 통일된 정신과 긴장된 자세를 요구하는 것임을 나는 경험으로 잘 안다. 그러면서도 그때 자칫하여 기어이 실수를 하게 된 것은 필시 던지는 찰나까지도 통일되지 못한 마음이 어수선하고 정신이 까닥거렸음이 확실하다. 몸이 휘뚱하고 휘더니 휭 하게 날아야 할 그물이 물 위에 떨어지자 어지럽게 흩어졌다. 발이 미끄러져 센 물결에 다리가 쓸리니까 그물은 손을 빠져 달아났다. 물속에 넘어져 흐르는 몸을 아무리 버둥거려야 곧추 일으키는 장사 없었다. 생각하면 기가 막히나 별수 없이 몸은 흐를 대로 흐르고야 말았다.

바위에 부딪혀 기어코 소에 빠졌다. 거품을 날리는 폭포 속에 송두리째 푹 잠겼다가 휘엿이 솟으면서 푸른 물속을 뱅 돌았다. 요행 헤엄의 술득이 약간 있던 까닭에 많은 고생 없이 허우적거리고 소를 벗어날 수는 있었다.

면상과 어깻죽지에 몇 군데 상처가 있었다. 피가 돋았다. 다리에는 군데군데 시퍼렇게 멍이 들어 있음을 보았다. 잃어버린 그물은 어느 줄기에 묻혀 흐르는지 알 바도 없거니와 찾을 용기도 없었다. 고들매기는 물론 한 마리도 손에 쥐어 보지 못하였다.

귀가 메고 코에서는 켰던 물이 줄줄 흘렀다. 우연히 욕을 당하게 된 몸뚱아리를 훑어보며 나는 알 수 없는 부끄러움을 느꼈다. 별안간 옥분의 몸이―향기가 눈앞에 흘러왔다. 비밀을 가진 나의 몸이 다시 돌려 보이며 한동안 부끄러운 생각이 쉽게 꺼지지 않았다.

7

문수는 기어코 학교를 쫓겨났다. 기한 없는 정학 처분이었으나 영영 몰려난 것과 같은 결과이다. 덕분에 나도 빌려 주었던 책권을 영영 뺏긴 셈이 되었다.

차라리 시원하다고 문수는 거드름을 부렸으나 시원하지 않은 것은 그의 집안사람들이다. 들볶는 바람에 그는 집을 피하여 더 많이 나와 지내게 되었다. 원망의 물줄기는 나에게까지 튀어 왔다. 나는 애매하게도 그를 타락시켜 놓은 안된 놈으로 몰릴 수밖에는 없었다.

별수 없이 나날을 들과 벗하게 되었다. 나는 좋은 들의 동무를 얻은 셈이다.

풀밭에 서면 경주를 하고 시냇가에 서면 납작한 돌을 집어 물 위에 수제비를 뜨기가 일쑤다. 돌을 힘껏 던져 그것이 물 위를 뛰어가는 뜀 수를 세는 것이다. 하나 둘 셋 넷 다섯 여섯 일곱 여덟—이 최고 기록이다. 돌은 굴러갈수록 걸음이 좁아지고 빨라지다 나중에는 깜박 물속에 꺼진다. 기차가 차차 멀어지고 작아지다 산모퉁이에 깜박 사라지는 것과도 같다. 재미있는 장난이다. 나는 몇 번이고 싫지 않게 돌을 집어 시험하는 것이었다.

팔이 축 처지게 되면 다시 기운을 내어 모래밭에 겨루고 서서 씨름을 한다. 힘이 비등하여 승패가 상반이다. 떠밀기도 하고 샅바씨름도 하고 잡아 나꾸기도 하고 다리걸이 딴죽치기 기술도 차차 늘어가는 것 같다.

"세상에서 제일 장하고 제일 크고 제일 아름답고 제일 훌륭하고 제일 바른 것이 무엇이냐?"

되고 말고 수수께끼를 걸고

"힘이다!"

라고 껄껄껄껄 웃으면 오장육부가 물에 헹군 듯이 시원한 것이다. 힘! 무슨 힘이든지 좋다. 씨름을 해 가는 동안에 우리는 힘에 대한 인식을 한층 새롭혀 갔다. 조직의 힘도 장하거니와 그것을 꾸미는 한 사람의 힘이 크다면 더한층 아름다운 것이 아닐까.

8

문수와 천렵을 나섰다.

그물을 잃은 나는 하는 수 없이 족대를 들고 쇠치네 사냥을 하러 시냇물을 훑어 내려갔다.

벌판에 냄비를 걸고 뜬 고기를 끓이고 밥을 지었다.

먹을 것이 거의 준비되었을 때, 더운 판에 목욕을 들어갔다.

땀을 씻고 때를 밀고는 깊은 곳에 들어가 물장구와 가댁질이다. 어린아이 그대로의 순진한 마음이 방울방울 날리는 물방울과 함께 하늘을 휘덮었다가는 쏟아지는 것이다.

물가에 나와 얼굴을 씻고 물을 들일 때에 문수는 다따가

"어깨의 상처가 웬일인가?"

하고 나의 어깨의 군데군데를 가리켰다.

나는 뜨끔하면서 그때까지 완전히 잊고 있던 고들매기 사냥과 거기에 관련된 옥분과의 일건이 생각났다.

어떻게 할까 망설이다가 그에게까지 기일 바 못 되어 기어코 고기잡이 이야기와 따라서 옥분과의 곡절을 은연중 귀띔하여 주게 되었다.

이상한 것은 그의 태도였다.

"명예의 부상일세그려."

놀리고는 걱실걱실 웃는 것이다.

웃다가 문득 그치더니

"이왕 말이 났으니 나도 내 비밀을 게울 수밖에는 없게 되었네 그려."

정색하고 말을 풀어냈다.

"옥분이. 나도 그와는 남이 아니야."

어안이 벙벙한 나의 어깨를 치며

"생각하면 득추와 파혼된 후로부터는 달뜬 마음이 허랑해진 모양이데. 일종의 자포자기야. 죽일 놈은 득추지. 옥분의 형편이 가엾기는 해."

나에게는 이상한 감정이 솟아올랐다. 문수에게 대하여 노염과 질투를 느끼는 대신에—도리어 일종의 안심과 감사를 느끼는 것이었다. 괴롭던 책임이 모면된 것 같고 무거운 짐을 벗어 놓은 듯이도 감정이 가벼워지고 엉겼던 마음이 풀리는 것이다. 이것은 교활하고 악한 심보일까. 그러나 나를 단 한 사람으로 생각하지 않는 옥분의 허랑한 태도에 해결의 열쇠는 있다. 그의 태도가 마지막 책임을 져야 될 터이니까.

"왜 말이 없나? 거짓말로 알아듣나? 자네가 버드나무 숲에서 만났다면 나는 풀밭에서 만났네."

여전히 잠자코만 있으면서 나는 속으로 한결같이 들의 성격과 예술과도 같은 자연의 매력이라는 것을 생각하였다.

얼마나 이야기가 장황하였던지 밥 타는 냄새가 코를 찔렀다.

9

무더운 날이 계속된다.

이런 때 마을은 더한층 지내기 어렵고 역시 들이 한결 낫다.

낮은 낮으로 해두고 밤을—하룻밤을 온전히 들에서 보낸 적이 없다.

우리는 의논하고 하룻밤을 들에서 야영하기로 하였다.

들의 밤은 두려운 것일까. 이런 의문도 있었기 때문이다.

이왕 의가 통한 후이니 이후로는 옥분이도 데려다가 세 사람이 일단의 '들의 아들'이 되었으면 하는 문수의 의견이었으나 나는 그것을 일종의 악취미라고 배척하였다. 과거의 피차의 정의는 정의로 하여 두고 단체 생활에는 역시 두 사람이 적당하며 수효가 셋이면 어떤 경우에든지 반드시 기울고 불안정하다는 의견을 가지고 있기 때문이다. 그러나 그것도 결국 나의 야성이 철저치 못한 까닭이 아닐까.

어떻든 두 사람은 들 복판에서 해를 넘기고 어둡기를 기다리고 밤을 맞이하였다.

불을 피우고 이야기하였다.

이야기가 장황하기 때문에 불이 마저 스러질 때에는 마을의 등불도 벌써 다 꺼지고 개 짖는 소리도 수습된 뒤였다. 별만이 깜박거리고 바닷소리가 은은할 뿐이다.

어둠은 깊고 넓고 무한하다.

창조 이전의 혼돈의 세계는 이러하였을까.

무한한 적막. 지구의 자전 공전의 소리도 들리지 않는 것이다.

공포―두려움이란 어디서 오는 감정일까.

어둠에서도 적막에서도 오지는 않는다.

우리는 일부러 두려운 이야기 무서운 이야기로 마음을 떠보았으나 이럴듯한 새삼스러운 공포의 감정이라는 것은 솟지 않았다.

위에는 하늘이요 아래는 풀이요―주위에 어둠이 있을 뿐이지 모두가 결국 낮 동안의 계속이요 연장이다. 몸에 소름이 돋는 법도 마음이 떨리는 법도 없다.

서로 눈만 말뚱거리다가 피곤하여 어느 결엔지 잠이 들어 버렸다.

단잠을 깨었을 때는 아침 해가 높은 후였다.

야영의 밤은 몹시 시원하였을 뿐이요. 공포의 새는 결국 잡지 못하였다.

10

그러나 공포는 왔다.

그것은 들에시 온 것이 아니요 마을에서―사람에게서 왔다.

공포를 만드는 것은 자연이 아니요 사람의 사회인 듯싶다.

문수가 돌연히 끌려간 것이다.

학교 사건의 뒤맺이인 듯하다.

이어 나도 들어가게 되었다.

나 혼자에 대하여 혹은 문수와 관련되어 여러 가지 질문을 받았다.

사흘 밤을 지우고 쉽게 나왔으나 문수는 소식이 없다. 오랠 것 같다.

여러 가지 재미있는 여름의 계획도 세웠으나 혼자서는 하릴없다.

가졌던 동무를 잃었을 때의 고독이란 큰 것이다.

들에서 무료히 지내는 날이 많다.

심심파적으로 옥분을 데려올까도 생각되나 여러 가지로 거리끼고 주체스러운 일이다. 깨끗한 것이 좋을 것 같다.

별수 없이 녀석이 하루라도 속히 나오기를 충심으로 바랄 뿐이다.

나오거든 풋콩을 실컷 구워 먹이고 기름종개를 많이 떠먹이고 씨름해서 몸을 불려 줄 작정이다.

들에는 도라지꽃이 피고 개나리꽃이 장하다.

진펄의 새발고사리도 어느덧 활짝 피었다.

해오라기가 가끔 조촐한 자태로 물가에 내린다.

시절이 무르녹았다.

석류

1

　혀끝에 뱅뱅 돌면서도 쉽사리 무엇인지를 생각해 볼 수 없는 맛과도 흡사하다.

　이윽고 석류였음을 깨달았을 때 재희의 마음은 무지개를 본 듯이 뛰놀았다. 옛 병풍 속의 석류의 그림이 기억 속에 소생되어 때를 주름잡고 눈앞에 떠올랐다. 어디서 흘러오는지도 모르게 그윽하게 코끝을 채는 그리운 옛 향기. 약 그릇이 놓이고 어머니가 앉았고 머리맡에 병풍이 둘러쳐 있었다. 약 향기가 어머니의 근심스러운 얼굴에 서리었고 병풍 속 나무에 석류가 귀하였다. 익은 송이는 방긋이 벌어져 붉은 알이 엿보이고 익으려는 송이는 막 열리려고 살에 금이 갔다. 그런 송이는 어린 기억과 같이 부끄러웠다.

오랫동안 까닭도 없이 몸이 고달프던 것이 이틀 전 학교도 파하기 전에 별안간 허리가 아프기 시작하였다. 숙성한 채봉이란 년이 너 몸 이상스럽지 않으냐 하며 꾀바르게 비밀한 곳을 띠어 주었다.

웅크리고 앉아 있는 동안에 견딜 수 없이 배가 훑쳤다. 두려운 생각이 버쩍 들어 책보도 교실에 버린 채 집으로 돌아왔다. 밤에 자리 속에서 옷을 말아 내고 어머니 앞에 얼굴을 쳐들 수 없었다. 버들 같은 체질을 걱정하여 어머니는 간호의 시중이 극진하였다. 인생은 웬일인지 서글픈 것이었다.

예나 이제나 일반이다. 지금에는 어머니도 없고 머리맡에 병풍도 없고 석류도 없다. 예를 그리워하는 생각만이 아름답다. 석류는 그윽한 향기다. 향기는 구름같이 잡을 수 없고 꺼지기 쉬운 안타까운 자취, 눈물이 돌았다. 가슴이 뻐근히 저리는 동안에 무지개는 꺼지고 석류는 단걸음에 옛날로 물러가 버렸다. 애달픈 생각에 골이 아프고 신열이 높아졌다. 머리맡에 약이 쓰다. 약도 옛날 것이 한결 향기로웠던 것이다.

체온계를 겨드랑에 낀 채 홀연히 잠이 들었다. 눈초리에 눈물 자취가 어지러운 지도를 그렸다.

─그런 수도 있을까.

2

꿈이나 아닌가 하여 재희는 이야기책을 다시 쳐들었다. 한편의 자서전적 소설이 그를 놀라게 하였다. 소설가 준보는 바로 학교 때의 그 아이가 아니었던가. 소설 속의 이야기는 바로 그들의 어릴 때 일이 아니었던가. 무지개를 본 듯이 마음이 뛰놀았다. 현혹한 느낌에 가슴이 산란하다.

소년은 동무들의 놀림을 부당하다고 생각하였다. 소문이 높아지면 높아질수록 소녀와의 거리는 도리어 멀어지는 것 같았다. 소년이 비석을 칠 때에는 소녀의 그림자는 안 보였고 소녀가 자세를 받을 때에는 소년은 그 자리를 물러났다. 느티나무 아래에서 술래잡기를 할 때에도 두 사람의 자태는 빛과 그림자같이 서로 어긋났다. 결국 손목 한번 탐탁하게 못 쥐어 보고 소년은 점점 고집스러워만 졌다. 쥐알봉수가 소녀에게는 도리어 가깝게 어른거렸다. 소락소락 말을 걸고 손을 쥐고 하는 것을 소년은 무척 부러워하고 미워하였다. 그렇게 못 하는 자기의 고집스러운 성질을 슬퍼하면서 동무들의 부당한 놀림을 억울하게 여길 뿐이었다.

재희가 준보에게 터놓고 다정히 못 굴었음을 뉘우치게 된 것은 그와 작별한 후였다. 채봉이가 자별스럽게 준보를 위함을 알고 마음이 편편치 못하였으나 그와 떨이지고 보니 그것도 쓸데없는 걱정임을 깨달았다. 준보를 마지막으로 본 것은 결국 느티나무 밑이었다. 몸에 급스러운 변화가 와서 어머니 앞에 부끄러운 생각을 하고 누워 있는 동안에 준보도 고달픈 병으로 학교를 쉬었다. 명예로운 졸업식에도 참가하지 못하고 준보는 병에서 일어나자 바로 서울로 공부를 떠난 까닭이었다.

그를 그리워하는 마음이 불현듯이 솟았다.

재희네 집안이 사정에 따라 서울로 옮겨 앉고 따라서 재희가 윗학교에 들게 된 것은 여러 해 후였으나 준보의 자태는 늘 마음속에 꿈결같이 우렷하였다. 그러나 오늘 소설가로서 눈에 뜨일 줄은 추측하지 못하였다.

병석에 눕게 된 오늘의 재희에게 준보의 출현은 그 무슨 묵시와도 같다. 생각에 마음이 산란하고 피곤하여졌다.

이야기책을 덮고 눈을 감았다. 문득 생각이 나 준보의 자태가 있는 학교 때의 옛 사진을 찾아낼까 하다가 귀찮은 심사에 단념하였다.

3

사치한 생각으로가 아니라 재희에게는 실질적으로 결혼이 불행하였다.

준보와는 대차적이던 옛날의 쥐알봉수와도 같은 성격의 사람을 구하게 된 것부터가 뼈저린 착오였다. 은행원이었다. 어머니를 여의고 그 위에 경영하던 회사에 파산까지 당한 불여의의 아버지를 위로하기 위하여 그의 뜻에만 소경같이 좇은 것이 비극의 시초였을까.

결혼은 글자대로 무덤이었다. 뒤넘군은 무덤 같은 커다란 뽕침을 가정에 남겨 놓고 자취를 감추었다. 는실례를 차린 것도 깨차반의 짓이었으나 더욱 거쿨진¹ 것은 은행의 금고를 연 것이었다. 그의 실종은 해를 넘어도 자취가 아득하였다.

재희는 당초의 그의 무의지를 뉘우쳤다. 할 일 없는 시가에 더 있을 수도 없어 친가로 돌아오기는 왔으나.

더구나 친가에서는 하는 수도 없어 한 번 물러섰던 학교에서 다시 생활을 구하게 되었다. 학교는 꿈의 보금자리였다. 소년과 소녀들의 자태 속에 옛날의 그들의 모양을 비추어 볼 수 있음으로였다. 그림자 속에서 타는 가느다란 촛불의 청춘이라고 할까.

아버지는 쓸쓸한 집 안에서 돌부처같이 침묵하였다.

반백의 머리에 턱에 주름살이 접고 온종일 늙은 앵무만큼도 말이 적고 서툴렀다. 돌같이 표정이 없고 차다.

개차반의 소행에 대하여서조차 한 마디의 책도 없었다. 모든 것을 긍정하고 굽어만 보는 '조물주'의 의지와도 같이 엄연하였다. 하기는 개차반을 나무랄 처지가 못 되는 까닭이었을까. 그 자신 방불한 길을 걸어왔으니까.

4

재희의 인생의 기억은 네 살부터 시작되었다.

서울로 달아난 아버지는 네 해를 넘어도 돌아오지 않았다. 공부를 칭탁함이었으나 어지러운 소문에 어머니는 기어코 뒤를 쫓기를 결심하였다. 물론 공방을 지킴을 측은히 여겨 시가

편에서 떼어 준 것이었다. 좁은 가마 속에 재희도 같이 앉아 반 천 리 길의 서울 길을 서쪽으로 서쪽으로 여러 날이나 흔들렸다.

철교 없는 한강을 쪽배로 건넜다. 구유배로 나일 강을 건너는 격이었을까.

모든 것이 이끼 속에 묻혀 전설과 같이도 멀다. 가마이며 쪽배이다.

학교를 마치고 벼슬을 얻은 아버지는 깨끗하게 닦아 놓은 도읍 사람이었다. 포천집과 젊은 꿈속에 있는 그에게 그들의 도착은 큰 놀람이었다.

포천집 폭살에 모처럼의 서울도 재희 모녀에게는 가시밭이었다. 주일의 예배당을 찾아 아름다운 찬미가 속에 위안을 발견하는 모녀였다. 담배 심부름을 나갔다가 한길에서 뱀 잡아든 것을 보고 가엾은 짐승의 기괴한 아름다움에 취하여 정신없이 서 있는 재희였다.

공부 온 먼촌 일가의 국현이가 때때로 군밤을 가지고 와서 재희의 마음을 기쁘게 하였다. 인자한 국현이의 무릎 위와 따뜻한 군밤과—재희의 전기 속의 축복된 부분이요 아름다운 한 페이지였다.

그러나 네 살 적 인생은 모든 것이 이끼 속에 묻혀 전설과 같이도 멀다. 예배당의 찬미가이며 거리의 뱀이며 따뜻한 무릎이며 군밤이며.

궂은일이든 좋은 일이든 전설은 모두 아름다운 것이니 재희는 한번 서울을 떠나 다시 그곳을 바라볼 때 그것을 정확히 느꼈다. 솔가하여 가지고 고향으로 떨어진 것은 늙은 부모를 마지막으로 봉양하자는 아버지의 뜻이었다. 낯선 적막 속에서 포천집은 눈을 감았다. 소생도 뒤를 이어 떠났다. 아버지는 마음을 가다듬고 지방의 속관으로 여생을 보내기로 하였다. 어머니도 비로소 안정을 얻었다. 재희는 학교에 들 나이에 이르렀다.

5

이야기를 좋아하는 마음은 어디서 오는 것일까. 재희는 글자를 깨친 지 얼마 안 되었음에도 서울 시대의 묵은 이야기책들을 끔찍이는 사랑하였다.

긴 가을밤에나 혹은 어머니나 그가 가벼운 병석에 있을 때에 그는 병풍 속 자리에 누워 신소설 『추월색』을 낭독하였다. 아름다운 이 공기는 모녀를 울리기에 족하였다. 정님이와 영창이의 기구한 운명의 축복은 한없이 눈물지어 어느덧 한 가락의 조가 나 진하면 새 가락을 거 놓고 운명의 다음 줄을 계속하여 읽곤 하였다. 어머니는 촛불과 같이 가만히 눈물지었다. 병풍 속 석류는 눈앞에 흐리고 머리맡 약 냄새는 근심스러웠다.

이야기 속의 장면으로 재희는 서울을 상상하기를 즐겨하였다. 그러므로 서울은 지극히 아름다운 것이었고 옛 기억은 전설과 같이 그리운 것이었다. 물론 자란 후 다시 서울을 보았을 때에는 이 소녀 시대의 아름다운 꿈은 그림자조차 찾아볼 수 없이 곱게 사라졌고—서울은 한갓 산만한 거리로 비치었다.

준보는 학교에서 가장 영리한 아이였다. 새까만 눈동자에 총기가 흘렀다. 시험 때에는 늘 선생들의 혀를 말게 하였다. 재희도 반에서 수석인 까닭으로 두 사람이 가까워진 것은 아니나 재희는 모인 총중에 준보의 모양이 안 보이면 마음이 적적해지게까지 되었다. 새 치마를 입거나 새 신을 신었을 때에는 누구보다도 먼저 그에게 보이고 싶었다. 선생에게 칭찬받는 것을 들으면 귀에 즐거웠다. 동무들의 요란한 놀림을 겉으로는 귀찮게 여겼으나 속으로는 도리어 기뻐하였다. 웬일인지 재희는 늘 『추월색』의 슬픈 이야기를 생각하였다. 준보를 생각할 때에 어린 마음에 으레 정임이와 영창이의 사실이 떠오르곤 하였다.

6

먼 산 원족[2]을 갔을 때는 준보는 덤불 속을 교묘하게 들쳐 익은 으름을 송이송이 찾아다 재희에게 던졌다. 그러면서도 잔잔하게 말을 거는 법은 없이 늘 뿌루퉁하고 퉁명스러운 심술이었다. 새까만 눈방울이 한피같이 빛났다.

봄이면 학교에서는 산놀이를 떠났다. 제각기 헤어졌을 때 준보들은 바위 위에 진달래꽃을 꺾으러 갔다. 철은 일렀으나 이름 모를 새들이 잎 핀 버들가지에서 지저귀었다. 좁은 지름길을 걸어 바위 위에 이르렀을 때에는 준보와 재희의 한 패만이 남고 다른 측들은 한동안 그림자가 보이지 않았다. 산은 험하여 바위 아래는 푸른 강물이 어마어마하게 내려다보였다. 바위 코에 담뿍 몰린 한 떨기의 진달래가 마음을 흠뻑 당겼다. 재희의 원에 준보는 두려움도 잊고 날뽐을 냈다.

"내 손을 잡으렴."

바위 끝으로 기어가는 준보를 재희는 조마조마하게 바라보았다.

"일없다. 네 손쯤 붙들어야 소용없어."

"뽐내다 떨어질라."

"떨어지면 너 시원하겠지."

"녀석두 맘에 없는 소리만."

실쭉하고 돌아섰을 때 준보는 벌써 꽃 뿌리에 손이 갔다. 간신히 두어 대 꺾어 쥐고 다시 손이 갔을 때에 팔에 스쳐 돌멩이가 굴렀다. 겁을 먹고 몸을 츠스러치는 바람에 디뎠던 발이 빗나가자 무른 바위는 으스러지며 더 한층 와르르 헐어져 널어졌다. 서슬에 준보의 몸은 엎어지며 손을 빼 든 채 앞으로 밀렸다. 재희는 아찔하여 반사적으로 풀썩 쓰러지면서 두 손으로 준보의 발을 붙들었다. 이어 몸을 일으키고 힘을 다하여 간신히 끌어낼 수 있었다. 천행 준보는 떨어지지는 않았으나 대신 팔에 커다란 상처를 받았다.

“나 때문에 안됐구나.”

“너 때문에 너 줄려고 꽃 꺾은 줄 아니.”

“고집쟁이두.”

걷는 동안에 속이 풀려서 몸을 기대리라고 생각하였으나 준보는 꼿꼿이 말도 없이 땅만 보고 걷는 것이 재희에게는 불만스러웠다.

준보를 서울로 보내게 되었을 때 그 불만은 한층 더 컸고 마음은 한갓 서글프기만 하였다.

7

관직의 한정이 찼을 때 아버지는 선조들의 묘만이 남은 실속 없는 고향을 헌신같이 버리고 다시 솔가[3]하여 가지고 서울로 떠났다. 얼마 안 되는 축재로 아버지가 회사의 한몫을 맡게 되었을 때 재희는 윗학교에 나아갔다.

준보의 자태가 마음속에 없는 바는 아니었으나 시달리는 동안에 새벽별같이 차차 그림자가 엷어진 것은 사실이었다.

서울은 결코 전설의 서울이 아니었고 꿈의 거리가 아니었다.

거리도 서울도 그칠 바를 모르는 산문의 연속이었다.

재희의 청춘은 회색 장막에 새겨진 회색 글자의 내용이었다.

같은 병풍 속에서 이야기책을 같이 읽은 어머니를 잃은 것은 그대로 큰 꿈을 잃은 셈이었다.

재희가 학교를 채 마치기도 기다리지 않고 아버지들의 회사가 기울기 시작한 것도 결코 우연은 아니었다.

아버지의 얼굴은 금계랍[4]을 먹은 상이었다. 아무리 애쓰나 회복의 도리는 없는 듯하였다.

하는 수 없이 재희는 재단에 오르는 애잔한 양이었다.

학교를 나오기가 바쁘게 꿈도 꾸지 못하였던 곳에서 생활의 길을 구하게 되었다.

흡사 그 자신이 어린 시절을 보내던 곳과도 같은 어린 학교에서 어린아이들을 데리고 단조한 나날의 생활을 보내게 되었다. 그 속에서는 포부도 희망도 다 으스러져서 한 줌의 재로 변하였다.

그러던 차의 결혼이라 아버지는 부쩍 성화였다. 재희는 아버지를 가엾게 여기는 마음으로 자기의 뜻을 휘었다.

은행원이라고 도움이 되기를 바라던 것은 아니었다. 다만 아버지로서는 여러 가지로 불여의한 역경 속에서 한 가지씩이라도 집안일을 정리하자는 뜻이었다.

8

그러나 결혼은 날자대로 무딤이었디.

공칙하게[5] 회사도 파산이었다.

재희는 별수 없이 다니던 학교 앉던 의자에 다시 들어가 앉았다.

버둥질쳐야 어쩌는 수 없는 인생임을 깨달은 후이라 마음은 한결 유하여 가지고 가라앉아 갔다.

단조한 속에서 생기를 구하려 하였다. 으스러진 재 속에서 옛이야기를 찾으려 하였다. 어린 합창을 힘써 희망의 노래로 들었다. 맡은 반의 소년과 소녀 갑남이와 애순이의 관계에서 어렸을 때의 꿈을 되풀이하려 하였다.

갑남이는 고집쟁이였다. 도화 시간임에도 도화지를 가져오지 않은 때 이유를 물어도 꾸중을 해도 돌같이 책상 앞에 웅크리고 앉아 말하는 법 없거니와 얼굴도 결코 쳐들지는 않는다. 완전히 말을 잊은 아이 같다. 표정 하나 변하지 않고 검은 눈방울로 책상을 노리면서 한 시간을 보내는 수도 있다. 애순이는 다정한 소녀였다. 여벌이 있으면 반드시 한 장을 갑남이에게 나누어 주었다. 솔직하게 받을 때도 있으나 종시[6] 고집을 세우고 안 받는 때도 있었다.

"받으렴."

"일없다."

"고집 피우다 꾸중 들을라."

"꾸중 들으면 시원하겠니?"

"녀석두 맘에 없는 소리만."

어쩌다 받게 되면 다음 시간에는 갑절을 가져다가 도로 갚곤 하였다. 그 고집으로도 반대로 애순이가 가령 붓을 잊었을 때에는 자진하여 여벌을 빌려 주었다.

갑남이는 가난하였다. 점심을 굶는 때가 많았다. 이상스러운 것은 그런 때에는 애순이도 역시 점심을 굶는 것이었다.

애순이는 결코 갑남이같이 가난하지는 않았다. 점심이 없을
리는 없었다. 수상히 여겨 하루 재희는 점심시간이 끝나 교
실이 비었을 때 은밀히 애순이의 책상 속을 살펴보았다. 놀란
것은 의젓하게 점심을 싸 가지고 온 것이다. 다음 날 갑남이
가 점심을 먹을 때에 애순이도 먹었으나 다음 날 갑남이가 굶
을 때에 애순이도 굶었다. 물론 책상 속에는 점심이 있음에도
불구하고. 두 번째 그것을 발견하였을 때 형언할 수 없는 경
건한 느낌이 재희의 가슴을 쳤다. 한편 다쳐서는 안 될 성스
러운 것에 손을 다친 것 같아서 송구스러운 느낌이 마음을 죄
었다. 가만히 애순이를 불러 이유를 들었을 때 문득 가슴이
저리고 눈시울이 더워졌다.

"갑남이가 안 먹으면 먹구 싶지 않아요."

재희는 그날 돌아오던 길로 이불 속에서 혼자 흠뻑 울었
다. 그날같이 산 보람을 느낀 때도 적었다.

그 후로는 갑남이를 꾸짖기는커녕 두 아이를 똑같이 갑절
사랑하게 되었다.

자기들의 옛날이 그지없이 그리웠다.

9

산란한 심사에 몸이 유난히도 고달팠다.

재희는 학교를 쉬고 자리에 눕는 날이 많았다.

소설가로서의 준보의 이름을 발견한 것은 커다란 놀람이었다.

무지개를 본 듯이 마음이 뛰놀았으나 옛날을 우러러보는 동안에 정신이 무척 피곤도 하였다. 눈초리에 눈물 자취의 어지러운 지도를 그린 채 재희는 눈을 떴다.

체온계를 뽑으니 수은주가 높다. 신열이 나고 몸이 덥다.

고개를 돌리니 준보의 소설책이 다시 눈에 띄었다. 별안간 가슴이 찌르르하면서 눈물이 솟았다. 오장육부가 둘러 파이고 세상이 검은 구렁텅이 속으로 일시에 빠져 들어가는 듯하다. 그 쓰라린 빈 느낌에 목소리를 놓고 어엉 울고도 싶다. 저물어 가는 짧은 햇발이 창기슭에 노랗게 기울었다. 눈물에 젖어 베개가 축축하다.

메밀꽃 필 무렵

여름장이란 애시당초에 글러서 해는 아직 중천에 있건만 장판은 벌써 쓸쓸하고 더운 햇발이 벌여 놓은 전 휘장 밑으로 등줄기를 훅훅 볶는다. 마을 사람들은 거지반 돌아간 뒤요 팔리지 못한 나무꾼 패가 길거리에 궁싯거리고들 있으나 석유 병이나 받고 고깃마리나 사면 족할 이 축들을 바라고 언제까지든지 버티고 있을 법은 없다. 츱츱스럽게 날아드는 파리 떼도 장난꾼 각다귀[1]들도 귀찮다. 얼금뱅이[2]요 왼손잡이인 드팀전[3]의 허 생원은 기어코 동업의 조 선달을 나꾸어 보았다[4].

"그만 걷을까?"

"잘 생각했네. 봉평장에서 한번이나 흐붓하게 사 본 일 있었을까. 내일 대화장에서나 한몫 벌어야겠네."

"오늘 밤은 밤을 새서 걸어야 될걸."

"달이 뜨렷다."

절렁절렁 소리를 내며 조 선달이 그날 산 돈을 따지는 것을 보고 허 생원은 말뚝에서 넓은 휘장을 걷고 벌여 놓았던 물건을 거두기 시작하였다. 무명 필과 주단 바리가 두 고리짝⁵에 꼭 찼다. 멍석 위에는 천 조각이 어수선하게 남았다.

다른 축들도 벌써 거진 전들을 걷고 있었다. 약빠르게 떠나는 패도 있었다. 어물장수도 땜장이도 엿장수도 생강 장수도 꼴들이 보이지 않았다. 내일은 진부와 대화에 장이 선다. 축들은 그 어느 쪽으로든지 밤을 새며 육칠십 리 밤길을 타박거리지 않으면 안 된다. 장판은 잔치 뒷마당같이 어수선하게 벌어지고 술집에서는 싸움이 터져 있었다. 주정꾼 욕지거리에 섞여 계집의 앙칼진 목소리가 찢어졌다. 장날 저녁은 정해 놓고 계집의 고함 소리로 시작되는 것이다.

"생원, 시침을 떼두 다 아네……. 충주집 말야."

계집 목소리로 문득 생각난 듯이 조 선달은 비죽이 웃는다.

"화중지병⁶이지. 연소 패들을 적수로 하구야 대거리가 돼야 말이지."

"그렇지두 않을걸. 축들이 사족을 못 쓰는 것두 사실은 사실이나 아무리 그렇다군 해두 왜 그 동이 말일세. 감쪽같이 충주집을 후린 눈치거든."

"무어 그 애숭이가 물건 가지고 낚었나 부지. 착실한 녀석인 줄 알었더니."

"그 길만은 알 수 있나……. 궁리 말구 가 보세나그려. 내 한턱 씀세."

그다지 마음이 당기지 않는 것을 쫓아갔다. 허 생원은 계집과는 연분이 멀었다. 얼금뱅이 상판을 쳐들고 대어설 숫기도 없었으나 계집 편에서 정을 보낸 적도 없었고 쓸쓸하고 뒤틀린 반생이었다. 충주집을 생각만 하여도 철없이 얼굴이 붉어지고 발밑이 떨리고 그 자리에 소스라쳐 버린다. 충주집 문을 들어서 술좌석에서 짜장[7] 동이를 만났을 때에는 어찌 된 서슬엔지 빨끈 화가 나 버렸다. 상 위에 붉은 얼굴을 쳐들고 제법 계집과 농탕치는 것을 보고서야 견딜 수 없었던 것이다. 녀석이 제법 난질꾼[8]인데 꼴사납다. 머리에 피도 안 마른 녀석이 낮부터 술 처먹고 계집과 농탕이야. 장돌뱅이 망신만 시키고 돌아다니누나. 그 꼴에 우리들과 한몫 보자는 셈이지. 동이 앞에 막아서면서부터 책망이었다. 걱정두 팔자요 하는 듯이 빤히 쳐다보는 상기된 눈망울에 부딪힐 때 결김에 따귀를 하나 갈겨 주지 않고는 배길 수 없었다. 동이도 화를 쓰고 팩하게 일어서기는 하였으나 허 생원은 조금도 동색하는 법 없이 마음먹은 대로는 다 지껄였다. 어디서 줏어먹은 선머슴인지는 모르겠으나 네게도 아비 어미 있겠지. 그 사나운 꼴 보면 맘 좋겠다. 장사란 탐탁하게 해야 되지, 계집이 다 무어야 나가거라 냉큼 꼴 치워.

그러나 한 마디도 대거리하지 않고 하염없이 나가는 꼴을 보려니 도리어 측은히 여겨졌다. 아직도 서름서름한 사인데 너무 과하지 않았을까 하고 마음이 섬짓해졌다. 주제도 넘지 같은 술손님이면서두 아무리 젊다고 자식 낳게 되는 것을 붙들고 치고 닦아셀⁹ 것은 무어야 원. 충주집은 입술을 쭝긋하고 술 붓는 솜씨도 거칠었으나 젊은 애들한테는 그것이 약이 된다나 하고 그 자리는 조 선달이 얼버무려 넘겼다. 너 녀석한테 반했지. 애숭이를 빨면 죄 된다. 한참 법석을 친 후이다. 담도 생긴 데다가 웬일인지 흠뻑 취해 보고 싶은 생각도 있어서 허 생원은 주는 술잔이면 거의 다 들이켰다. 거나해짐을 따라 계집 생각보다도 동이의 뒷일이 한결같이 궁금해졌다. 내 꼴에 계집을 가로채서는 어떡할 작정이었누 하고 어리석은 꼬락서니를 모질게 책망하는 마음도 한편에 있었다. 그러기 때문에 얼마나 지난 뒤인지 동이가 헐레벌떡거리며 황급히 부르러 왔을 때에는 마시던 잔을 그 자리에 던지고 정신없이 허덕이며 충주집을 뛰어나간 것이었다.

"생원 당나귀가 바를 끊구 야단이에요."

"각다귀들 장난이지 필연코."

짐승도 짐승이려니와 동이의 마음씨가 가슴을 울렸다. 뒤를 따라 장판을 달음질하려니 게슴츠레한 눈이 뜨거워질 것 같다.

"부락스런¹⁰ 녀석들이라 어쩌는 수 있어야죠."

"나귀를 몹시 구는 녀석들은 그냥 두지는 않을걸."

　반평생을 같이 지내 온 짐승이었다. 같은 주막에서 잠자고 같은 달빛에 젖으면서 장에서 장으로 걸어다니는 동안에 이십 년의 세월이 사람과 짐승을 함께 늙게 하였다. 가스러진 목 뒤 털은 주인의 머리털과도 같이 바스러지고 개진개진 젖은 눈은 주인의 눈과 같이 눈곱을 흘렸다. 몽당비처럼 짧게 쓸리운 꼬리는 파리를 쫓으려고 기껏 휘저어 보아야 벌써 다리까지는 닿지 않았다. 닳아 없어진 굽을 몇 번이나 도려내고 새 철을 신겼는지 모른다. 굽은 벌써 더 자라나기는 틀렸고 닳아 버린 철 사이로는 피가 빼짓이 흘렀다. 냄새만 맡고도 주인을 분간하였다. 호소하는 목소리로 야단스럽게 울며 반겨한다.

　어린아이를 달래듯이 목덜미를 어루만져 주니 나귀는 코를 벌름거리고 입을 투르르거렸다. 콧물이 튀었다. 허 생원은 짐승 때문에 속도 무던히는 썩였다. 아이들의 장난이 심한 눈치여서 땀 밴 몸뚱어리가 부들부들 떨리고 좀체 흥분이 식지 않는 보양이었다. 굴레가 벗어지고 안장도 떨어졌다. 요 몹쓸 자식들 하고 허 생원은 호령을 하였으나 패들은 벌써 줄행랑을 논 뒤요 몇 남지 않은 아이들이 호령에 놀라 비슬비슬 멀어졌다.

　"우리들 장난이 아니우. 암놈을 보고 저 혼자 발광이지."

　코흘리개 한 녀석이 멀리서 소리를 쳤다.

　"고 녀석 말투가."

"김 첨지 당나귀가 가 버리니까 왼통 흙을 차고 거품을 흘리면서 미친 소같이 날뛰는걸. 꼴이 우스워 우리는 보고만 있었다우. 배를 좀 보지."

아이는 앵돌아진 투로 소리를 치며 깔깔 웃었다. 허 생원은 모르는 결에 낯이 뜨거워졌다. 뭇시선을 막으려고 그는 짐승의 배 앞을 가려 서지 않으면 안 되었다.

"늙은 주제에 암샘을 내는 셈야, 저놈의 짐승이."

아이의 웃음소리에 허 생원은 주춤하면서 기어코 견딜 수 없어 채찍을 들더니 아이를 쫓았다.

"쫓으려거든 쫓아 보지. 왼손잡이가 사람을 때려."

줄달음에 달아나는 각다귀에는 당하는 재주가 없었다. 왼손잡이는 아이 하나도 후릴 수 없다. 그만 채찍을 던졌다. 술기도 돌아 몸이 유난스럽게 화끈거렸다.

"그만 떠나세. 녀석들과 어울리다가는 한이 없어. 장판의 각다귀들이란 어른보다도 더 무서운 것들인걸."

조 선달과 동이는 각각 제 나귀에 안장을 얹고 짐을 싣기 시작하였다. 해가 꽤 많이 기울어진 모양이었다.

✳

드팀전 장돌이를 시작한 지 이십 년이나 되어도 허 생원은 봉평장을 빼논 적은 드물었다. 충주 제천 등의 이웃 군에도 가고 멀리 영남 지방도 헤매기는 하였으나 강릉쯤에 물건 하러 가는 외에는 처음부터 끝까지 군내를 돌아다녔다. 닷새 만큼씩의 장날에는 달보다도 확실하게 면에서 면으로 건너간 다. 고향이 청주라고 자랑삼아 말하였으나 고향에 돌보러 간 일도 있는 것 같지는 않았다. 장에서 장으로 가는 길의 아름 다운 강산이 그대로 그에게는 그리운 고향이었다. 반날 동안 이나 뚜벅뚜벅 걷고 장터 있는 마을에 거지반 가까웠을 때 지 친 나귀가 한바탕 우렁차게 울면—더구나 그것이 저녁녘이어 서 등불들이 어둠 속에 깜박거릴 무렵이면 늘 당하는 것이건 만 허 생원은 변치 않고 언제든지 가슴이 뛰놀았다.

젊은 시절에는 알뜰하게 벌어 돈푼이나 모아 본 적도 있기 는 있었으나 읍내에 백중이 열린 해 호탕스럽게 놀고 투전을 하고 하여 사흘 동안에 다 털어 버렸다. 나귀까지 팔게 된 판 이었으나 애끊는 정분에 그것만은 이를 물고 단념하였다. 결 국 도로아미타불로 장돌이를 다시 시작할 수밖에는 없었다. 짐승을 데리고 읍내를 도망해 나왔을 때에는 너를 팔지 않기 다행이었다고 길가에서 울면서 짐승의 등을 어루만졌던 것이 었다. 빚을 지기 시작하니 재산을 모을 염은 당초에 틀리고 간신히 입에 풀칠을 하러 장에서 장으로 돌아다니게 되었다.

호탕스럽게 놀았다고는 하여도 계집 하나 후려 보지는 못 하였다. 계집이란 쌀쌀하고 매정한 것이었다. 평생 인연이 없 는 것이라고 신세가 서글퍼졌다. 일신에 가까운 것이라고는 언제나 변함없는 한 필의 당나귀였다.

그렇다고는 하여도 꼭 한 번의 첫 일을 잊을 수는 없었다. 뒤에도 처음에도 없는 단 한 번의 괴이한 인연. 봉평에 다니기 시작한 젊은 시절의 일이었으나 그것을 생각할 적만은 그도 산 보람을 느꼈다.

"달밤이었으나 어떻게 해서 그렇게 됐는지 지금 생각해두 도무지 알 수 없어."

허 생원은 오늘 밤도 또 그 이야기를 꺼집어내려는 것이다. 조 선달은 친구가 된 이래 귀에 못이 박이도록 들어 왔다. 그렇다고 싫증을 낼 수도 없었으나 허 생원은 시침을 떼고 되풀이할 대로는 되풀이하고야 말았다.

"달밤에는 그런 이야기가 격에 맞거든."

조 선달 편을 바라는 보았으나 물론 미안해서가 아니라 달빛에 감동하여서였다. 이지러는 졌으나 보름을 가제 지난 달은 부드러운 빛을 흐붓이 흘리고 있었다. 대화까지는 칠십 리의 밤길 고개를 둘이나 넘고 개울을 하나 건너고 벌판과 산길을 걸어야 된다. 길은 지금 긴 산허리에 걸려 있다. 밤중을 시난 무렵인지 죽은 듯이 고요한 속에서 짐승 같은 달의 숨소리가 손에 잡힐 듯이 들리며 콩 포기와 옥수수 잎새가 한층 달에 푸르게 젖었다. 산허리는 온통 메밀밭이어서 피기 시작한 꽃이 소금을 뿌린 듯이 흐뭇한 달빛에 숨이 막힐 지경이다. 붉은 대궁이 향기같이 애잔하고 나귀들의 걸음도 시원하다. 길이 좁은 까닭에 세 사람은 나귀를 타고 외줄로 늘어섰다. 방울 소리가 시원스럽게 딸랑딸랑 메밀밭께로 흘러간다. 앞장선 허 생원의 이야기 소리는 꽁무니에 선 동이에게는 확적히는 안 들렸으나, 그는 그대로 개운한 제멋에 적적하지는 않았다.

"장 선 꼭 이런 날 밤이었네. 객줏집 토방이란 무더워서 잠이 들어야지. 밤중은 돼서 혼자 일어나 개울가에 목욕하러 나갔지. 봉평은 지금이나 그제나 마찬가지나 보이는 곳마다 메밀밭이어서 개울가가 어디 없이 하얀 꽃이야. 돌밭에 벗어도 좋을 것을 달이 너무도 밝은 까닭에 옷을 벗으러 물방앗간으로 들어가지 않았나. 이상한 일도 많지. 거기서 난데없는 성서방네 처녀와 마주쳤단 말이네. 봉평서야 제일가는 일색이었지."

"팔자에 있었나 부지."

아무렴 하고 응답하면서 말머리를 아끼는 듯이 한참이나 담배를 빨 뿐이었다. 구수한 자줏빛 연기가 밤기운 속에 흘러서는 녹았다.

"날 기다린 것은 아니었으나 그렇다고 달리 기다리는 놈팽이가 있은 것두 아니었네. 처녀는 울고 있단 말야. 짐작은 대고 있었으나 성 서방네는 한창 어려워서 들고날 판인 때였지. 한집안 일이니 딸에겐들 걱정이 없을 리 있겠나. 좋은 데만 있으면 시집도 보내련만 시집은 죽어도 싫다지……. 그러나 처녀란 울 때같이 정을 끄는 때가 있을까. 처음에는 놀라기도 한 눈치였으나 걱정 있을 때는 누그러지기도 쉬운 듯해서 이럭저럭 이야기가 되었네……. 생각하면 무섭고도 기막힌 밤이었어."

"제천인지로 줄행랑을 놓은 건 그 다음 날이었다."

"다음 장도막에는 벌써 왼 집안이 사라진 뒤였네. 장판은 소문에 발끈 뒤집혀 고작해야 술집에 팔려 가기가 상수[11]라고 처녀의 뒷공론이 자자들 하단 말이야. 제천 장판을 몇 번이나 뒤졌겠나. 하나 처녀의 꼴은 꿩 궈 먹은 자리야. 첫날밤이 마지막 밤이었지. 그때부터 봉평이 마음에 든 것이 반평생을 두고 다니게 되었네. 평생인들 잊을 수 있겠나."

"수 좋았지. 그렇게 신통한 일이란 쉽지 않어. 항용[12] 못난 것 얻어 새끼 낳고 걱정 늘고 생각만 해두 진저리 나지……. 그러나 늘그막바지까지 장돌뱅이로 지내기도 힘드는 노릇 아닌가. 난 가을까지만 하구 이 생애와두 하직하려네. 대화쯤에 조그만 전방[13]이나 하나 벌이구 식구들을 부르겠어. 사시장철 뚜벅뚜벅 걷기란 여간이래야지."

"옛 처녀나 만나면 같이나 살까…… 난 거꾸러질 때까지 이 길 걷고 저 달 볼 테야."

산길을 벗어나니 큰 길로 틔어졌다. 꽁무니의 동이도 앞으로 나서 나귀들은 가로 늘어섰다.

"총각두 젊겠다 지금이 한창 시절이럿다. 충주집에서는 그만 실수를 해서 그 꼴이 되었으나 설게 생각 말게.”

“처, 천만에요. 되려 부끄러워요. 계집이란 지금 웬 제격인가요. 자나 깨나 어머니 생각뿐인데요.”

허 생원의 이야기로 실심해 한 끝이라 동이의 어조는 한풀 수그러진 것이었다.

“아비 어미란 말에 가슴이 터지는 것도 같았으나 제겐 아버지가 없어요. 피붙이라고는 어머니 하나뿐인걸요.”

“돌아가셨나?”

“당초부터 없어요.”

“그런 법이 세상에.”

생원과 선달이 야단스럽게 껄껄들 웃으니 동이는 정색하고 우길 수밖에는 없었다.

“부끄러워서 말하지 않으려 했으나 정말예요. 제천 촌에서 달도 차지 않은 아이를 낳고 어머니는 집을 쫓겨났죠. 우스운 이야기나 그러기 때문에 지금까지 아버지 얼굴도 본 적 없고 있는 고장도 모르고 지내 와요.”

고개가 앞에 놓인 까닭에 세 사람은 나귀를 내렸다. 둔덕은 험하고 입을 벌리기도 대근하여[14] 이야기는 한동안 끊겼다. 나귀는 건듯하면 미끄러졌다. 허 생원은 숨이 차 몇 번이고 다리를 쉬지 않으면 안 되었다. 고개를 넘을 때마다 나이가 알렸다. 동이 같은 젊은 축이 그지없이 부러웠다. 땀이 등을 한바탕 쪽 씻어 내렸다.

고개 너머는 바로 개울이었다. 장마에 흘러 버린 널다리가 아직도 걸리지 않은 채로 있는 까닭에 벗고 건너야 되었다. 고의를 벗어 띠로 등에 얽어매고 반벌거숭이의 우스꽝스러운 꼴로 물속에 뛰어들었다. 금방 땀을 흘린 뒤였으나 밤 물은 뼈를 찔렀다.

"그래, 대체 기르긴 누가 기르구?"

"어머니는 하는 수 없이 의부를 얻어 가서 술장사를 시작했죠. 술이 고주래서 의부라고 전망나니예요. 철들어서부터 맞기 시작한 것이 하룬들 편한 날 있었을까. 어머니는 말리다가 채이고 맞고 칼부림을 당하고 하니 집 꼴이 무어겠소. 열여덟 살 때 집을 뛰어나와서부터 이 짓이죠."

"총각 낫세론 동이 무던하다고 생각했더니 듣고 보니 딱한 신세로군."

물은 깊어 허리까지 찼다. 속 물살도 어지간히 센 데다가 발에 차이는 돌멩이도 미끄러워 금시에 훌칠 듯하였다. 나귀와 조 선달은 재빨리 거의 건넜으나 동이는 허 생원을 붙드느라고 두 사람은 훨씬 떨어졌다.

"모친의 친정은 원래부터 제천이었던가?"

"웬걸요, 시원스리 말은 안 해 주나 봉평이라는 것만은 들었죠."

"봉평? 그래 그 아비 성은 무엇이구?"

"알 수 있나요. 도무지 듣지를 못했으니까."

그 그렇겠지 하고 중얼거리며 흐려지는 눈을 까물까물하다가 허 생원은 경망하게도 발을 빗디뎠다. 앞으로 고꾸라지기가 바쁘게 몸째 풍덩 빠져 버렸다. 허우적거릴수록 몸을 걷잡을 수 없어 동이가 소리를 치며 가까이 왔을 때에는 벌써 퍽이나 흘렀었다. 옷째 졸짝 젖으니 물에 젖은 개보다도 참혹한 꼴이었다. 동이는 물속에서 어른을 해깝게[15] 업을 수 있었다. 젖었다고는 하여도 여윈 몸이라 장정 등에는 오히려 가벼웠다.

"이렇게까지 해서 안됐네. 내 오늘은 정신이 빠진 모양이야."

"염려하실 것 없어요."

"그래 모친은 아비를 찾지는 않는 눈치지?"

"늘 한번 만나고 싶다고는 하는데요."

"지금 어디 계신가?"

"의부와도 갈라져 제천에 있죠. 가을에는 봉평에 모셔 오려고 생각 중인데요. 이를 물고 벌면 이럭저럭 살아갈 수 있겠죠."

"아무렴, 기특한 생각이야. 가을이랬다?"

동이의 탐탁한 등어리가 뼈에 사무쳐 따뜻하다. 물을 다 건넜을 때에는 도리어 서글픈 생각에 좀 더 업혔으면도 하였다.

"진종일 실수만 하니 웬일이오, 생원."

조 선달은 바라보며 기어코 웃음이 터졌다.

"나귀야. 나귀 생각하다가 실족을 했어. 말 안 했던가. 저 꼴에 제법 새끼를 얻었단 말이지. 읍내 강릉집 피마에게 말일세. 귀를 쭝긋 세우고 달랑달랑 뛰는 것이 나귀 새끼같이 귀여운 것이 있을까. 그것 보러 나는 일부러 읍내를 도는 때가 있다네."

"사람을 물에 빠치울 젠 딴은 대단한 나귀 새끼군."

허 생원은 젖은 옷을 웬만큼 짜서 입었다. 이가 덜덜 갈리고 가슴이 떨리며 몹시도 추웠으나 마음은 알 수 없이 둥실둥실 가벼웠다.

"주막까지 부지런히들 가세나. 뜰에 불을 피우고 훗훗이 쉬어. 나귀에겐 더운물을 끓여 주고. 내일 대화장 보고는 제천이다."

"생원도 제천으로?"

"오래간만에 가 보고 싶어. 동행하려나 동이?"

나귀가 걷기 시작하였을 때 동이의 채찍은 왼손에 있었다. 오랫동안 아둑시니[16]같이 눈이 어둡던 허 생원도 요번만은 동이의 왼손잡이가 눈에 띄지 않을 수 없었다.

걸음도 해깝고 방울 소리가 밤 벌판에 한층 청청하게 울렸다.

달이 어지간히 기울었다.

산

1

　나무하던 손을 쉬고 중실은 발밑에 깨금나무 포기를 들췄다. 지천으로 떨어지는 깨금[1] 알이 손 안에 오르르 들었다. 익을 대로 익은 제철의 열매가 어금니 사이에서 오드득 두 쪽으로 갈라졌다.

　돌을 집어던지면 깨금 알같이 오드득 깨어질 듯한 맑은 하늘. 물고기등같이 푸르다. 높게 뜬 조각구름 떼가 해변에 뿌려진 조개껍질같이 유난스럽게도 한편에 옹졸봉졸 몰려들었다. 높은 산등이라 하늘이 가까우련만 마을에서 볼 때와 일반으로 멀다. 구만 리일까. 십만 리일까. 골짝에서의 생각으로는 산기슭에만 오르면 만져질 듯하던 것이 산허리에 나서면 단번에 구만 리를 내빼는 가을 하늘.

산속의 아침나절은 졸고 있는 짐승같이 막막은 하나 숨결이 은근하다. 휘엿한 산등은 누워 있는 황소의 등어리요 바람결도 없는데 쉴 새 없이 파르르 나부끼는 사시나무 잎새는 산의 숨소리다. 첫눈에 띄는 하얗게 분장한 자작나무는 산속의 일색. 아무리 단장한대야 사람의 살결이 그렇게 흴 수 있을까. 수뿍 들어선 나무는 마을의 인총[2]보다도 많고 사람의 성보다도 종자가 흔하다. 고요하게 무럭무럭 걱정 없이 잘들 자란다. 산오리나무 물오리나무 가락나무 참나무 졸참나무 박달나무 사수래나무 떡갈나무 피나무 물가리나무 싸리나무 고로쇠나무, 골짝에는 산사나무 아그배나무 갈매나무 개옻나무 엄나무. 산등에 간간이 섞여 어느 때나 푸르고 향기로운 소나무 잣나무 전나무 향나무 노가지나무―걱정 없이 무럭무럭 잘들 자라는―산속은 고요하나 웅성한 아름다운 세상이다. 과실같이 싱싱한 기운과 향기. 나무 향기 흙냄새 하늘 향기. 마을에서는 찾아볼 수 없는 향기다.

낙엽 속에 파묻혀 앉아 깨금을 알뜰히 바수는 중실은 이제 새삼스럽게 그 향기를 생각하고 나무를 살피고 하늘을 바라보는 것이 아니었다. 그런 것은 한데 합쳐서 몸에 함빡 젖어들어 전신을 가지고 모르는 결에 그것을 느낄 뿐이다. 산과 몸이 빈틈없이 한데 얼린 것이다. 눈에는 어느 결엔지 푸른 하늘이 물들었고 피부에는 산 냄새가 배었다. 바심할 때의 짚북데기보다도 부드러운 나뭇잎―여러 자 깊이로 쌓이고 쌓인 깨금잎 가랑잎 떡갈잎의 부드러운 보료—속에 몸을 파묻고 있으면 몸뚱아리가 마치 땅에서 솟아난 한 포기의 나무와도 같은 느낌이다. 소나무 참나무 총중의 한 대의 나무다. 두 발은 뿌리요 두 팔은 가지다. 살을 베이면 피 대신에 나무진이 흐를 듯하다. 잠자코 섰는 나무들의 주고받는 은근한 말을, 나뭇가지의 고갯짓하는 뜻을, 나뭇잎의 수군거리는 속심을, 총중의 한 포기로서 넉넉히 짐작할 수 있다. 해가 쪼일 때에 즐겨 하고 바람 불 때 농탕치고 날 흐릴 때 얼굴을 찡그리는 나무들의 풍속과 비밀을 역력히 번역해 낼 수 있다. 몸은 한 포기의 나무다.

별안간 부드득 솟아오르는 힘을 느끼고 중실은 벌떡 뛰어 일어났다. 쭉 펴는 네 활개에 힘이 뻗쳐 금시에 그대로 하늘 에라도 오를 듯싶다. 넘치는 힘을 보낼 곳 없어 할 수 없이 입을 크게 벌리고 하늘이 울려라 고함을 쳤다. 땅에서 솟는 산 정기의 힘찬 단순한 목소리다. 산이 대답하고 나뭇가지가 고 갯짓한다. 또 하나 그 소리에 대답한 것은 맞은편 산허리에서 불시에 푸드득 날아 뜨는 한 자웅의 꿩이었다. 살진 까투리의 꽁지를 물고 나는 장끼의 오색 날개가 맑은 하늘에 찬란하게 빛났다.

살진 꿩을 보고 중실은 문득 배가 허출함을 깨달았다. 아 래편 골짝 개울 옆에 간직하여둔 노루고기와 가랑잎에 싸둔 개꿀[3]이 있음을 생각하고 다시 낫을 집어 들었다. 첫 참 때까지에는 한 짐을 채워 놓아야 파장되기 전에 읍내에 다다르겠고 팔아 가지고는 어둡기 전에 다시 산으로 돌아와야 할 것이다. 한참 쉰 뒤라 팔에는 기운이 남았다. 버스럭거리는 나뭇잎 소리가 품 안에 요란하고 맑은 기운이 몸을 한바탕 멱 감긴 것 같다. 산은 마을보다 몇 곱절 살기 좋은가. 산에 들어오기를 잘했다고 중실은 생각하였다.

2

세상에 머슴살이같이 잇속 적은 생업은 없다.

싸우려 싸운 것이 아니라 김 영감 편에서 투정을 건 셈이다. 지금 와 보면 처음부터 쫓아낼 의사였던 것이 확실하다. 중실은 머슴 산 지 칠팔 년에 아무것도 쥔 것 없이 맨주먹으로 살던 집을 쫓겨났다. 원통은 하였으나 애통하지는 않았다.

해마다 사경[4]을 또박또박 받아 본 일 없다. 옷 한 벌 버젓하게 얻어 입은 적 없다. 명절에는 놀이할 돈도 푼푼히 없이 늘 개 보름 쇠듯 하였다. 장가들이고 집 사고 살림을 내준다던 것도 헛소리였다. 첩을 건드렸다는 생퉁 같은 다짐이었으나 그것은 처음부터 계책한[5] 억지요 졸색[6]의 등글개 따위에는 손댈 염도 없었던 것이다. 빨래하러 갔던 첩과 동구 밖에서 마주쳐 나뭇짐을 지고 앞서고 뒤서서 돌아왔다고 의심받을 법은 없다. 첩과 수상한 놈팡이는 도리어 다른 곳에 있는 것을 애매한 중실에게 엉뚱한 분풀이가 돌아온 셈이었다. 가살스러운[7] 첩의 행실을 휘어잡지 못하고 늘그막 판에 속 태우는 영감의 신세가 하기는 가엾기는 하다. 더욱 얼크러질 앞일을 생각하고 중실은 차라리 하직하고 나온 것이었다.

넓은 하늘 밑에서도 갈 곳이 없다. 제일 친한 곳이 늘 나무하러 가던 산이었다. 짚북데기보다도 부드러운 두툼한 나뭇잎의 맛이 생각났다. 그 넓은 세상은 사람을 배반할 것 같지는 않았다. 빈 지게만을 걸머지고 산으로 들어갔다. 그 속에서 얼마 동안이나 견딜 수 있을까가 한 시험도 되었다.

박중골에서도 오 리나 들어간 마을과 사람과는 인연이 먼 산협이다. 산등이 펑퍼짐하고 양지쪽에 해가 잘 쪼이고 골짝에 개울이 흐르고 개울가에 나무 열매가 지천으로 열려 있는 곳이다. 양지쪽에서는 나무하러 왔다 낮잠을 잔 적도 여러 번이었다. 개울가에 불을 피우고 밭에서 뜯어 온 옥수수 이삭을 구웠다. 수풀 속에서 찾은 으름과 나뭇가지에 익어 시든 아그배와 산사로 배가 불렀다. 나뭇잎을 모아 그 속에 푹 파고든 잠자리도 그다지 춥지는 않았다.

이튿날 산을 헤매다가 공교롭게도 주영나무 가지에 야트막하게 달린 벌집을 찾아냈다. 담배 연기를 피워 벌떼를 어지러트리고 감쪽같이 집을 들어냈다. 속에는 맑은 꿀이 차 있었다. 사람은 살라고 마련인 듯싶다. 꿀은 조금으로도 요기가 되었다. 개[8]와 함께 여러 날 양식이 되었다.

꿀이 다 떨어지지도 않은 그저께 밤에는 맞은편 심산에 산

불이 보였다. 백일홍같이 새빨간 불꽃이 어둠 속에 가깝게 솟아올랐다. 낮부터 타기 시작한 것이 밤에 들어가서 겨우 알려진 것이다. 누에에게 먹히는 뽕잎같이 아물아물해지는 것 같으나 기실은 한 자리에서 아롱아롱 타는 것이었다. 아귀의 혀끝같이 널름거리는 불꽃이 세상에도 아름다웠다. 울 밑에 꽃보다도 비단결보다도 무지개보다도 맨드라미보다도 곱고 장하다. 중실은 알 수 없이 신이 나서 몽둥이를 들고 산등을 달아 오르고 골짝을 건너 불붙는 곳으로 끌려 들어갔다. 가깝게 보이던 것과는 딴판으로 꽤 멀었다. 불은 산등에서 산등으로 들러붙어 골짝으로 타 내려갔다. 화기가 확확 치쳐 가까이 갈 수 없었다. 후끈후끈 무더웠다. 나무뿌리가 탁탁 튀며 땅이 쨍쨍 울렸다. 민출한 자작나무는 가지가지에 불이 피어올라 한 포기의 산호수 같은 불나무로 변하였다. 헛되이 타는 모두가 아까웠다. 중실은 어쩌는 수 없이 몽둥이를 쓸데없이 휘두르며 불 테두리를 빙빙 돌 뿐이었다. 불은 힘에 부치는 것이었다.

확실히 간 보람은 있었다. 그슬려진 노루 한 마리를 얻은 것이다. 불 테두리를 뚫고 나오지 못한 노루는 산골짜에서 뱅뱅 돌다 결국 불벼락을 맞은 것이다. 물론 그것을 얻은 때는 불도 거의 다 탄 새벽녘이었으나 외로운 짐승이 몹시 가여웠다. 그러나 이미 죽은 후의 고기라 중실은 그것을 짊어지고 산으로 돌아갔다. 사람을 살리자는 산의 뜻이라고 비위 좋게 생각하면 그만이었다. 여러 날 동안의 호붓한 양식이 되었다. 다만 한 가지 그리운 것이 있었다. 짠맛—소금이었다. 사람은 그립지 않으나 소금이 그리웠다. 그것을 얻자는 생각으로만 마을이 그리웠다.

3

힘에 자라는 데까지 졌다.

이십 리 길을 부지런히 걸으려니 잔등에 땀이 내뱄다. 걸음을 따라 나뭇짐이 휘춘휘춘 앞으로 휘었다.

간신히 파장 전에 대었다.

나무를 판 때의 마음이 이날같이 즐거운 적은 없었다.

물건을 산 때의 마음도 이날같이 즐거운 적은 없었다.

그것은 짜장 필요한 물건이기 때문이다.

나무 판 돈으로 중실은 감자 말고 좁쌀 되와 소금과 냄비를 샀다.

산속의 호젓한 살림에는 이것으로써 족하리라고 생각되었다.

목숨을 이어 가는 데 해어쯤이 없으면 어떨까도 생각되었다.

올 때보다 짐이 단출하여 지게가 가벼웠다.

거리의 살림은 전과 다름없이 어수선하고 지지부레하였다[9]. 더 나아진 것도 없으려니와 못해진 것도 없다.

술집 골방에서 왁자지껄하고 싸우는 것도 전과 다름없다.

이상스러울 것은 그런 거리의 살림살이가 도무지 마음을 당기지 않는 것이다. 앙상한 사람들의 얼굴이 그다지 그리운 것이 아니었다.

무슨 까닭으로 산이 이렇게도 그리울까 편벽된 마음을 의심도 하여 보았다. 그러나 별로 이치도 없었다. 덮어놓고 양지쪽이 좋고 자작나무가 눈에 들고 떡갈잎이 마음을 끄는 것이다. 평생 산에서 살도록 태어났는지도 모른다.

김 영감의 그 후의 소식은 물어낼 필요도 없었으나 거리에서 만난 박 서방 입에서 우연히 한 구절 얻어듣게 되었다.

병든 등긁개 첩은 기어코 김 영감의 눈을 감춰 최 서기와 줄행랑을 놓았다. 종적을 수색 중이나 아직도 오리무중이라 한다.

사랑방에서 고시랑고시랑 잠을 못 이룰 육십 노인의 꼴이 측은하게 눈에 떠올랐다. 애매한 머슴을 내쫓았음을 뉘우치리라고도 생각되었다. 그러나 중실에게는 물론 다시 살러 들어갈 뜻도 노인을 위로하고 싶은 친절도 가지기 싫었다.

다만 거리의 살림이라는 것이 더한층 어수선하게 여겨질 뿐이었다.

산으로 향하는 저녁 길이 한결 개운하다.

4

개울가에 냄비를 걸고 서투른 솜씨로 지은 저녁을 마쳤을 때에는 밤이 적이 어두웠다.

깊은 하늘에 별이 총총 돋고 초생달이 나뭇가지를 올가미

지웠다.

새들도 깃들이고 바람도 자고 개울물만이 쫄쫄쫄쫄 숨 쉰다. 검은 산등은 잠든 황소다.

등걸불이 탁탁 튄다. 나뭇잎 타는 냄새가 몸을 휩싸며 구수하다. 불을 쪼이며 담배를 피우니 몸이 훈훈하다. 더 바랄 것 없이 마음이 만족스럽다.

한 가지 욕심이 솟아올랐다.

밥 짓는 일이란 머슴의 할 일이 못 된다. 사내자식은 역시 밭 갈고 나무하는 것이 옳은 것이다. 장가를 들려면 이웃집 용녀만 한 색시는 없다. 용녀를 데려다 밥일을 맡길 수밖에는 없다고 생각하였다.

용녀를 생각만 하여도 즐겁다. 궁리가 차례차례로 솔솔 풀렸다.

굵은 나무를 베어다 껍질째 토막을 내 양지쪽에 쌓아 올려 단칸의 조촐한 오두막을 짓겠다. 펑퍼짐한 산허리를 일궈 밭을 만들고 봄부터 감자와 귀리를 갈 작정이다. 오랍뜰[10]에 우리를 세우고 염소와 도야지와 닭을 칠 터. 산에서 노루를 산 채로 붙들면 우리 속에 같이 기르고 용녀가 집일을 하는 동안에 밭을 가꾸고 나무를 할 것이며 아이가 나면 소같이 산같이 튼튼하게 자라렸다. 용녀가 만약 말을 안 들으면 밤중에 내려가 가만히 업어 올걸. 한번 산에만 들어오면 별수 없지―.

불이 거의거의 으스러지고 물소리가 더한층 맑다.

별들이 어지럽게 깜박거린다.

달이 다른 나뭇가지에 걸렸다.

나머지 등걸불을 발로 비벼 끄니 골짝은 더한층 막막하다.

어느만 때인지 산속에서는 때도 분별할 수 없다.

자기가 이른지 늦은지도 모르면서 나무 밑 잠자리로 향하였다.

낟가리같이 두두룩하게 쌓인 낙엽 속에 몸을 송두리째 파묻고 얼굴만을 빠끔히 내놓았다.

몸이 차차 푸근하여 온다.

하늘의 별이 와르르 얼굴 위에 쏟아질 듯싶게 가까웠다 멀어졌다 한다.

별 하나 나 하나 별 둘 나 둘 별 셋 나 셋―.

어느 결엔지 별을 세고 있었다. 눈이 아물아물하고 입이 뒤바뀌어 수효가 틀려지면 다시 목소리를 높여 처음부터 고쳐 세곤 하였다.

별 하나 나 하나 별 둘 나 둘 별 셋 나 셋―.

세는 동안에 중실은 제 몸이 스스로 별이 됨을 느꼈다.

돈(豚)

　옛 성 모퉁이 버드나무 까치 둥우리 위에 푸르둥한 하늘이 얕게 드리웠다. 토끼우리에서는 하얀 양토끼가 고슴도치 모양으로 까칠하게 웅크리고 있다. 능금나무 가지를 간들간들 흔들면서 벌판을 불어오는 바닷바람이 채 녹지 않은 눈 속에 덮인 종묘장(種苗場)[1] 보리밭에 휩쓸려 도야지우리에 모질게 부딪친다.

　우리 밖 네 귀의 말뚝 안에 얽어매인 암퇘지는 바람을 맞으면서 유난히 소리를 친다. 말뚝을 싸고도는 종묘장 씨돝(種豚)[2]은 시뻘건 입에 거품을 품으면서 말뚝의 뒤를 돌아 그 위에 덥석 앞다리를 걸었다. 시꺼먼 바위 밑에 눌린 자라 모양인 암퇘지는 날카로운 비명을 울리며 전신을 요동한다. 미끄러진 씨돝은 게걸떡거리며 다시 말뚝을 싸고돈다. 앞뒤 우리에서 응하는 도야지들 고함에 오후의 종묘장 안은 들썩한다.

반시간이 넘어도 여의치 않았다. 둘러싸고 보던 사람들도 흥이 식어서 주춤주춤 움직인다. 여러 번째 말뚝 위에 덮쳤을 때에 육중한 힘에 말뚝이 와싹 무지러지면서[3] 그 바람에 밑에 깔렸던 도야지는 말뚝의 테두리로 벗어져서 뛰어 났다.

"어려서 안 되겠군."

종묘장 기수가 껄껄 웃는다.

"황소 앞에 암탉 같으니 쟁그러워서[4] 볼 수 있나."

"겁을 먹고 달아나는데."

농부는 날쌔게 우리 옆을 돌아 뛰어가는 도야지의 앞을 막았다.

"달포 전에 한 번 왔다 갔으나 씨가 붙지 않아서 또 끌고 왔는데요."

식이는 겸연쩍어서 얼굴이 붉어졌다.

"아무리 짐승이기로 저렇게 어리구야 씨가 붙을 수 있나."

농부의 말에 식이는 다시 얼굴을 붉혔다.

"빌어먹을 놈의 짐승."

무안도 무안이려니와 귀찮게 구는 짐승에 식이는 화를 버러 내면서 농부의 부축을 하어 달아나는 도야지의 뒤를 쫓는다. 고무신이 진창에 빠지고 바지춤이 흘러내린다.

도야지의 허리를 맨 바를 붙들었을 때에 그는 홧김에 바를 뒤로 잡아 나꾸며 기운껏 매질한다. 어린 짐승은 바들바들 뛰면서 비명을 울린다. 농가 일 년의 생명선―좀 있으면 나올 제

일기 세금과 첫여름 감자가 나올 때까지의 가족의 양식의 예산의 부담을 맡은 이 어린 짐승에 대한 측은한 뉘우침이 나중에는 필연코 나련마는 종묘장 사람들 숲에서의 무안을 못 이겨 식이의 흔드는 매는 자연 가련한 짐승 위에 잦게 내렸다.

"그만 갖다 매시오."

말뚝을 고쳐 든든히 박고 난 농부는 식이에게 손짓한다. 겁과 불안에 떨며 허둥거리는 짐승을 이번에는 한결 더 든든히 말뚝 안에 우겨 넣고 나뭇대를 가로질러 배까지 떠받쳐 올려 꼼짝 요동하지 못하게 탐탁하게 얽어매었다.

털몸을 근실근실 부딪치며 그의 곁을 궁싯궁싯 굼도는 씨돝은 미처 식이의 손이 떨어지기도 전에 '화차'와도 같이 말뚝 위를 엄습한다. 시뻘건 입이 욕심에 목메어서 풀무같이 요란히 울린다. 깔린 암톹은 목이 찢어져라 날카롭게 고함친다.

둘러선 좌중은 일제히 웃음소리를 멈추고 일시 농담조차 잊은 듯하였다.

문득 분이의 자태가 눈앞에 떠오른다. 식이는 말뚝에서 시선을 돌려 딴전을 보았다.

"분이 고것 지금엔 어데 가 있는구."

—제이기분은새뤄 일기분 세금조차 밀려오는 농가의 형편에 도야지보다 나은 부업이 없었다. 한 마리를 일 년 동안 충실히 기르면 세금도 세금이려니와 잔돈푼의 가용 돈은 훌륭히 우러나왔다. 이 도야지의 공용을 잘 아는 식이다. 푼푼이

모은 돈으로 마을 사람들의 본을 받아 종묘장에서 가제 난 양 도야지 한 자웅을 사 놓은 것이 지난 여름이었다. 기름이 자르르 흐르는 새까만 자웅을 식이는 사람보다도 더 귀히 여겨 가제 사 왔던 무렵에는 우리에 넣기가 아까워 그의 방 한구석에 짚을 펴고 그 위에 재우게까지 하던 것이 젖이 그리워서인지 한 달도 못 돼서 수놈이 죽었다. 나머지의 암놈을 식이는 애지중지하여 단 한 벌의 그의 밥그릇에 물을 받아 먹이기까지 하였다. 물도 먹지 않고 꿀꿀 앓을 때에는 그는 나무하러 가는 것도 그만두고 종일 짐승의 시중을 들었다. 여섯 달을 기르니 겨우 암퇘지 티가 났다. 달포 전에 식이는 첫 시험으로 십 리가 넘는 읍내 종묘장까지 끌고 왔었다. 피돈 오십 전이나 내서 씨를 받은 것이 종시 붙지 않았다. 식이는 화가 났다. 때마침 정을 두고 지내던 이웃집 분이가 어디론지 도망을 갔다. 식이는 속이 상해서 며칠 동안 일이 손에 잡히지 않았다. 늘 뾰로통해서 쌀쌀하게 대꾸하더니 그 고운 살을 한 번도 허락하지 않고 늙은 아비를 혼자 둔 채 기어코 도망을 가 버렸구나 생각하니 분이가 괘씸하였다. 그러나 속 깊은 박 초시의 일이니 지기 딸 조치에 무슨 꿍꿍이수작을 대었는지 도무지 모를 노릇이었다. 청진으로 갔느니 서울로 갔느니 며칠 전에 박 초시에게 돈 십 원이 왔느니 소문은 갈피갈피였으나 하나도 종잡을 수 없었다. 이래저래 상할 대로 속이 상했다. 능금꽃 같은 두 볼을 잘강잘강, 씹어 먹고 싶던 분이인 만큼

식이는 오늘까지 솟아오르는 심화를 억제할 수 없었다.

"다 됐군."

딴전만 보고 섰던 식이는 농부의 목소리에 그쪽을 보았다. 씨돝은 만족한 듯이 여전히 꿀꿀 짖으면서 그곳을 떠나지 않고 빙빙 돈다.

파장 후의 광경이언만 분이의 그림자가 눈앞에 어른거리는 식이는 몹시도 겸연쩍었다. 잠자코 섰는 까칠한 암도야지와 분이의 자태가 서로 얽혀서 그의 머릿속에 추근하게 떠올랐다. 음란한 잡담과 허리 꺾는 웃음소리에 얼굴이 더한층 붉어졌다. 환영을 떨쳐 버리려고 애쓰면서 식이는 얽어매었던 도야지를 풀기 시작하였다. 농부는 여전히 게걸떡거리며 어른어른 싸도는 욕심 많은 씨돝을 몰아 우리 속에 가두었다.

'이번에는 틀림없겠지.'

장부에 이름을 올리고 오십 전을 치러 주고 종묘장을 나오니 오후의 해가 느지막하였다. 능금밭 건너편 양옥 관사의 지붕이 흐린 석양에 푸르뎅뎅하게 빛난다. 옛 성 어귀에는 드나드는 장꾼의 그림자가 어른어른한다. 성안에서 한 채의 버스가 나오더니 폭넓은 이등 도로를 요란히 달아온다. 도야지를 몰고 길 왼편 가로 피한 식이는 피뜩 지나는 버스 안을 흘끗 살펴본다. 분이를 잃은 후로부터는 그는 달아나는 버스 안까지 조심스럽게 살피게 되었다. 일전에 나남에서 버스 차장 시험이 있었다더니 그런 데로나 뽑혀 들어가지 않았을까 분이의 간 길을 이렇게도 상상하여 보았기 때문이다.

'장이나 한 바퀴 돌아올까?'

북문 어귀 성 밑 돌 틈에 도야지를 매 놓고 식이는 성을 들어가 남문 거리로 향하였다.

분이가 없는 이제 장꾼의 눈을 피하여 으슥한 가게 앞에 가서 겸연쩍은 태도로 매화분을 살 필요도 없어진 식이는 석유 한 병과 마른 명태 몇 마리를 사 들고 장판을 오르락내리락하였다. 한 동리 사람의 그림자도 눈에 띄지 않기에 그는 곧게 성 밖으로 나와 마을로 향하였다.

어기죽거리며 도야지의 걸음이 올 때만큼 재지 못하였다. 그러나 이제 매질할 용기는 없었다.

철로를 끼고 올라가 정거장 앞을 지나 오촌포 한길에 나서니 장 보고 돌아가는 사람의 그림자가 드문드문 보인다. 산모퉁이가 바닷바람을 막아 아늑한 저녁빛이 한길 위를 덮었다. 먼 산 위에는 전기의 고가선이 솟고 산 밑을 물줄기가 돌아내렸다. 온천 가는 넓은 도로가 철로와 나란히 누워서 남쪽으로 줄기차게 뻗쳤다. 저물어 가는 강산 속에 아득하게 뻗친 이 누 줄의 실이 새삼스럽게 식이의 마음을 끌었다. 길이가는 그의 등 뒤에서는 산모롱이를 돌아오는 기차 소리가 아련히 들린다. 별안간 식이에게는 이상한 생각이 들었다.

'이 길로 아무 데로나 달아날까.'

장에 가서 도야지를 팔면 노자가 되겠지, 차 타고 노자 자라는 곳까지 달아나면 그곳에 곧 분이가 있지 않쪽까, 어디서 들었는지 공장에 들어가기가 분이의 소원이더니 그곳에서 여직공 노릇하는 분이와 만나 나도 '노동자'가 되어 같이 살면 오죽 재미있을까. 공장에서 버는 돈을 달마다 고향에 부치면 아버지도 더 고생하실 것 없겠지. 도야지를 방에서 기르지 않아도 좋고 세금 못 냈다고 면소 서기들한테 밥솥을 뺏길 염려도 없을 터이지. 농사같이 초라한 업이 세상에 또 있을지. 아무리 부지런히 일해도 못살기는 일반이니…… 분이 있는 곳이 어디인가……. 도야지를 팔면 얼마나 받을까. 암퇘지 양도야지…….

"앗!"

날카로운 소리에 번쩍 정신이 깨었다.

찬 바람이 휙 앞을 스치고 불시에 일신이 딴 세상에 뜬 것 같았다. 눈 보이지 않고 귀 들리지 않고 잠시간 전신이 죽고 감각이 없어졌다. 캄캄하던 눈앞이 차차 밝아지며 거물거물 움직이는 것이 보이고 귀가 뚫리며 요란한 음향이 전신을 쓸어 없앨 듯이 우렁차게 들렸다. 우렛소리가…… 바닷소리가…… 바퀴소리가……. 별안간 눈앞이 환해지더니 열차의 마지막 바퀴가 쏜살같이 눈앞을 달아났다.

'앗 기차!'

다 지난 이제 식이는 정신이 아찔하여 몸이 부르르 떨린다.

진땀이 나는 대신 소름이 쪽 돋는다. 전신이 불시에 비인 듯이 거뿐하다. 글자대로 전신은 비었다. 한쪽 팔에 들었던 석유병도 명태 마리도 간 곳이 없고 바른손으로 이끌던 도야지도 종적이 없다.

“아, 도야지!”

“도야지구 무어구 미친놈이지. 어데라구 후미끼리⁵ 막 건너.”

따귀를 철썩 맞고 바라보니 철로 망보는 사람이 성난 얼굴로 그를 노리고 섰다.

“도야지는 어찌 됐단 말이오.”

“어젯밤 꿈 잘 꾸었지. 네 몸 안 치인 것이 다행이다.”

“아니 그럼 도야지가 치었단 말요.”

“다음부터 차에 주의해!”

독하게 쏘아붙이면서 철로 망꾼은 식이의 팔을 잡아 나꿔 ‘후미끼리’ 밖으로 끌어냈다.

“아 도야지가 치었다니 두 번이나 종묘장에 가서 씨받은 내 도야지 암도야지 양도야지…….”

엉겁결에 외치면서 훑어보았으나 피 한 방울 찾아볼 수 없다. 흔적조차 없다니—기차가 달롱 들고 간 것 같아서 아득한 철로 위를 바라보았으나 기차는 벌써 그림자조차 없다.

“한방에서 잠재우고 흰그릇에 물 먹여서 기른 도야지, 불쌍한 도야지…….”

정신이 아찔하고 일신이 허전하여서 식이는 금시에 그 자리에 푹 쓰러질 것도 같았다.

도시와 유령

　어슴푸레한 저녁 몇 리를 걸어도 사람의 그림자 하나 찾아볼 수 없는 무인지경인 산골짝 비탈길 여우의 밥이 다 되어버린 해골덩이가 똘똘 구는 무덤 옆 혹은 비가 축축이 뿌리는 비덩[1]의 다 쓰러져 가는 물레방앗간, 또 혹은 몇백 년이나 묵은 듯한 우중충한 늪가!

　거기에는 흔히 도깨비나 귀신이 나타난다 한다. 그럴 것이다. 고요하고 축축하고 우중충하고. 그리고 그것이 정칙일 것이다. 그러나 나는 아직도 그런 곳에서 그런 것을 본 적은 없다. 따라서 그런 것에 관하여서는 아무 지식도 가지지 못하였다. 하나 나는—자랑이 아니라—더 놀라운 유령을 보았다. 그리고 그것이 적어도 문명의 도시인 서울이니 놀라웁단 말이다. 나는 그래도 문명을 자랑하는 서울에서 유령을 목격하였다. 거짓말이라고? 아니다. 거짓말도 아니고 환영도 아니었다. 세상 사람이 말하여 '유령'이라는 것을 나는 이 두 눈을 가지고 확실히 보았다.

어떻든 길게 말할 것 없이 다음 이야기를 읽으면 알 것이다.

✳

동대문 밖에 상업학교가 가제 될 무렵이었다. 나는 날마다 학교 집터에 '미장이'로 다니면서 일을 하였다. 남과 같이 버젓하게 일정한 노동을 못 하고 밤낮 뜨내기 벌이꾼으로밖에는 돌아다니지 못하는 나에게는 그래도 몇 달 동안은 입에 풀칠을 할 수 있었다. 마는 과격한 노동이었다. 그러므로 하루라도 쉬어 본 일은커녕 한 번이라도 늦게 가 본 적도 없었다. 원수같이 지글지글 타 내리는 여름 태양 아래에서 이른 아침부터 저녁때까지 감독의 말 한마디 거스르는 법 없이 고분고분히 일을 하였다. 체로 모래를 쳐라, 불같은 태양 아래 새까맣게 타는 석탄으로 '노리[2]'를 끓여라, 시멘트에다 모래를 섞어라, 그것을 노리로 반죽하여라 하여 쉴 새 없는 기계같이 휘돌아쳤다. 그 열매인지 선물인지는 알 수 없으나 우리들이 다지는 시멘트가 몇백 칸의 벌집 같은 방으로 변하고 친구들의 쨍쨍 울리는 끌 소리가 여러 층의 웅장한 건축으로 변함을 볼 때에 미상불 우리의 위대한 힘을 또 한 번 자랑하지 않을

수 없었다—어리석은 미련둥이들이라……(1행 약)…… 어떻
든 콧구멍이 다 턱턱 막히는 시멘트 가루를 전신에 보얗게 뒤
집어쓰고 매캐한 노린 냄새와 더구나 전신을 한바탕 쪽 씻어
내리는 땀 냄새를 맡으면서 온종일 들볶아치고 나면 저녁 물
에는 정말이지 전신이 나른하였다. 그래도 집안 식구들을 생
각하고 끼닛거리를 생각하면 마지막 힘이 났다. 일을 마치고
정신을 가다듬어 가지고 일인 감독의 집으로 간다. 삯전을 얻
어 가지고 그길로 바로 술집에 가서 한잔 빨고 나면 그제야
겨우 제 세상인 듯싶었던 것이다.

술! 사실 술처럼 고마운 것은 없었다. 버쩍버쩍 상하는 속,
말할 수 없는 피로를 잠시라도 잊게 하는 것은 그래도 술의
힘이었다.

그날도 나는 술김에 얼근하였다. 다른 때와 같이 역시 맨
꽁무니에 떨어진 김 서방과 나는 삯전을 받아 들고 나서자마
자 한길 옆 술집에서 만판 먹어 댔다.

술집을 나와 보니 벌써 밤은 꽤 저물었었다. 잠을 자도 한
잠 너그러지게 잤을 판이었다. 잠이라니 말이지 종일 피곤하
였던 판에 주기조차 돌아놓으니 사실이지 글자대로 눈이 스
스르 내리감겼다. 김 서방과 나는 즉시 잠자리로 향하였다.

잠자리라니 보들보들한 아름다운 계집이 기다리고 있는 분
홍 모기장 속 두툼한 요 위인 줄은 알지 마라. 그렇다고 어둠
침침한 행랑방 하나 나에게는 없었다. 단지 내 몸뚱이 하나인

나는 서울 안을 못 돌아다닐 데 없이 돌아다니면서 노숙(露宿)을 하였던 것이다.(그래도 그것이 여름이었으니 말이지 겨울이었던들 꼼짝없이 얼어 죽었을 것이다.) 따라서 세상에 못 볼 것을 다 보고 겪어 왔었다. 참말이지 별별 야릇하고 말 못할 일이 많았다. 여기에 쓰는 이야기 같은 것은 말하자면 그중에서 가장 온당한 이야기의 하나에 지나지 못한다.

어떻든 김 서방—도 이미 늦었으니 행랑 구석에 가서 빈대에게 뜯기는 것보다는 오히려 노숙하기를 좋아하였다—과 나는 도수장³께를 지나서 동묘 앞까지 갔었다.

어느 결엔지 가는 비가 보실보실 뿌리기 시작하였다. 축축한 어둠 속에 칙칙한 동묘가 그 윤곽을 감추고 있었다. 사방은 고요하였다.

"이놈들 게 있거라!"

별안간에 땅에서 솟은 듯이 이런 음성이 들렸다. 나는 깜짝 놀라—는 대신에 빙긋 웃었다.

"이래 보여두 한여름 동안을 이런 데루 댕기면서 잠자는 놈이다. 그렇게 쉽게 놀래겠니."

하는 담찬 소리를 남겨 놓고 동묘 대문께로 갔다. 예기한 바와 다름없이 거기에는 벌써 우리 따위의 친구들이 잠자리를 차지하고 있었다. 그래도 꽤 넓은 대문간이지만 그 속에 그득하게 고기 새끼 모양으로 오르르 차 있었다. 이리로 눕고 저리로 눕고 허리를 베이고 발치에 코를 박고 드르렁드르렁 코를 골고.

“이놈들 게 있거라!”

“아이그 그년…….”

“이런 경칠 자식 보게.”

엎치락뒤치락 연해연방 잠꼬대 소리가 뒤를 이었다. 그러면 이쪽에서는

“술맛 좋다!”

하고 입맛을 쩍쩍 다시는 사람도 있었다. 그 바람에 나도 끌려서 어느 결에 쩍쩍 다시려던 입을 꾹 다물어 버리고 나는 어이가 없어 웃으면서 김 서방을 둘러보았다.

“어떡할려나?”

“가세!”

“가다니?”

“아 아무 데래두 가 자야지.”

김 서방 역시 웃으면서 두 손으로 졸린 눈을 비볐다.

“이 세상에선 빠른 게 첫째야. 이 잠자리두 이젠 세가 나네 그려. 허허허.”

하면서 발꿈치를 돌리려 할 때이다. 나는 으레 닫혀 있어야 할 동묘 안으로 통한 문이 어쩐 일인지 반쯤 열려 있는 것을 발견하였다. 나는 앞선 김 서방의 어깨를 탁 쳤다.

“여보게 저리로 들어가세.”

“어데루 말인가?”

김 서방은 시원치 않은 듯이 역시 눈만 비볐다.

"저 안으로 말야. 지금 가면 어델 간단 말인가. 아무 데래두 쓰러져 한잠 자면 됐지."

"그래두."

"머. 고지기[4]한테 들킬까 봐 말인가? 상관있나 그까짓 거 낼 식전에 일쪽이 달아나면 그만이지."

그래도 시원치 않은 듯이 머리를 긁는 김 서방의 등을 밀치면서 나는 안으로 들어갔다. 중문 턱까지 들어서니 더한층 고요하였다. 여러 해 동안 버려두었던 빈 집터같이 어둠 속으로 보아도 길이 넘는 잡풀이 숲 속같이 우거져 있고 낮에 보아도 칙칙한 단청이 어둠에 물들어 더한층 우중충하고 게다가 비에 젖어서 말할 수 없이 구중중한 느낌을 주었다. 똑바로 말이지 청 안에 안치한 그림 속에서 무서운 장사가 뛰어 내닫지나 않을까 하고 생각할 때에 머리끝이 쭈뼛하여지는 것을 어찌할 수 없었다.

거진 옷을 적실 만하게 된 빗발을 피하여 앞뜰을 지나 넓은 처마 밑에 이르렀다. 그 자리에 그대로 푹 주저앉아 겨우 안심한 듯이 숨을 내쉬었다.

그때이었다.

"에그 저게 뭔가 이 사람!"

김 서방은 선뜻 나의 팔을 꽉 잡았다. 그의 가리키는 곳에 시선을 옮긴 나는 새삼스럽게 놀라지 않을 수 없었다. 별안간에 소름이 쪽 돌고 머리끝이 또다시 주뼛하였다.

불과 몇 간 안 되는 건너편 정전(正殿)[5] 옆에! 두어 개의 불덩어리가 번쩍번쩍하였다. 정전의 탓이었던지 파랗게 보이는 불덩이가 땅을 휘휘 기다가는 훌쩍 날고 날다가는 꺼져 버렸다. 어디선지 또 생겨서는 또 날다가 또 꺼졌다.

무섬 잘 타기로 유명한 왕눈이 김 서방은 숨을 죽이고 살려 달라는 듯이 나에게로 바짝 붙었다.

"하 하 하 하……."

나는 모든 것을 다 이해하였다는 듯이 활연히 웃고 땀을 빠지지 흘리고 있는 김 서방을 보았다.

"미쳤나 이 사람!"

오히려 화기가 버럭 난 김 서방은 말끝도 채 못 마쳤다.

"하하하 속았네, 속았어."

"……."

"속았어 개똥불을 보고 속았단 말야. 하하하."

"머 개똥불?"

김 서방은 그래도 못 미덥다는 듯이 그 큰 눈을 아직도 회동그랗게 뜨고 있었다.

"그래 개똥불야 이거 볼려나."

하고 나는 손에 잡히는 작은 돌멩이를 하나 집어 들었다. 그리고 두어 걸음 저벅저벅 뜰 앞까지 나가서 역시 반짝거리는 개똥불을 겨누고 돌을 던졌다.

하나 나는 짜장 놀랐다. 돌을 던지면 헤어져야 할 개똥불이 헤어지긴커녕 요번에는 도리어 한군데 모여서 움직이지도 않고 그 무슨 정세를 살피는 듯이 고요히 이쪽을 노리고 있지 않은가!

나는 또 숨을 죽이고 그곳을 들여다보았다. 오—그때에 나는 더 놀라운 것을 발견하였다! 꺼졌다 또 생긴 불에 비쳐 협수룩한 산발과 똑똑지 못한 희끄무레한 자태가 완연히 드러났다. 그제야 "흥 흥" 하는 후렴 없는 신음 소리조차 들려오는 줄을 알았다.

"에그머니!"

나는 순식간에 달팽이같이 오므러쳤다. 그리고 또 부끄러운 말이지만 겨우 정신을 차렸을 때에 나는 동묘 밖 버드나무 밑에 쓰러져 있는 내 자신을 발견하였었다. 사실 꿈에서나 깨난 듯하였다. 곁에는 보나 안 보나 파랗게 질린 김 서방이 신장대[6] 모양으로 벌벌 떨고 있었다.

밤이 이슥하였는데 집으로 돌아가기도 무엇하니 나머지 밤을 동대문께 가서 새우자고 김 서방이 제언하였다.

비는 여전히 뿌리고 있었다. 뒤에서 무어가 쫓아오는 듯히여 연해연방 뒤를 돌려보면서 큰 한길에 나섰을 때에는 파출소 붉은 전등만 보아도 산 듯싶었다.

허둥허둥 동대문 담 옆까지 갔었다.

고요한 담 밑에는 아무것도 없었다. 모든 것을 집어삼킨

캄캄한 어둠 밖에는—물론 파란 도깨비불도 없다.

"애초에 이리로 왔더라면 아무 일두 없었을걸."

후회 비슷하게 탄식하고 어디가 어디인지 분간할 수 없어서 "에라 아무 데나" 하고 그 자리에 푹 주저앉았다. 하자—

나는 놀라기 전에 간잎이 싸늘해졌다. 도톨도톨한 조약돌이나 그렇지 않으면 축축한 흙이 깔려 있어야만 할 엉덩이 밑에—하나님 맙소서!—나는 부드럽고도 물큰한 촉감을 받았다.

뿐이 아니다. 버들껑 하는 동작과 함께 날카로운 소리가 독살스러운 땡삐[7]같이 나의 귀를 툭 쏘았다.

"어떤 놈야 이게!"

나는 고무공같이 벌떡 뛰었다. 그러고는 쏜살같이—그 꼴이야말로 필연코 미친놈 모양이었을 것이다—줄행랑을 놓았다.

김 서방도 내 뒤에서 헐레벌떡거렸다.

"제발 사람을 죽이지 마라."

김 서방은 거의 울음겨운 목소리로 부르짖었다.

"이놈의 서울이 사람 사는 곳이 아니구 도깨비굴이었던가."

나 역시 나중에는 맡길 데 없는 분기가 솟아올랐다.

그러나 또 한편으로는 한없이 어리석고 못생긴 우리의 꼴들을 비웃고도 싶었다. 잘 알지는 못하지만 세상에 원 도깨비나 귀신치고 몸뚱아리가 보들보들하고 물큰물큰하고—아니 그건 그렇다고 해두더라도 "어떤 놈야 이게!" 하고 땡삐 소리를 치다니 그게 원…… 하고 의심하여 볼 때에는 더구나 단단치 못하게 겁을 집어먹은 것이 짝없이 어리석게 생각되었다. 그렇다고 그 자리에서 또 발을 돌려 그 정체를 탐지하러 갈 용기가 있었느냐 하면 그렇지도 못하였다.

하는 수 없이 보슬비를 맞으면서 시구문[8] 밖 김 서방네 행랑방까지 가지 않으면 안 되었다. 가제나 덕실덕실 끓는 식구 틈에 끼어서 하룻밤의 폐를 끼쳤다—고 하여도 불과 두어 시간의 폐일 것이다—막 한잠 자려고 드러누웠을 때에는 벌써 날이 훤히 새었었으니까.

이렇게 하여 나는 원 무엇이 씌었던지 하룻밤에 두 번씩이나 도깨비인지 귀신한테 혼이 났었다. 사실 몇 해수는 감하였을 것이다. 그러나 대체 누구를 원망하면 좋았으리오? 술 먹고 늑장을 댄 내 자신일까, 노숙하지 않으면 아니 된 나의 운명일까, 혹은 도깨비나 귀신 그것일까, 그렇지 않으면 그 외의 무엇일까⋯⋯ 나는 이제야 겨우 이 중의 어느 것을 원망하는 것이 마땅하다는 것을 똑똑히 깨달았다.

어떻든 유령 이야기는 이만이다. 하나 참 이야기는 이로부터다.

※

잠 못 자 곤한 것도 무릅쓰고 나는 열심히 일을 하였다. 비는 어느 결에 개어 버렸던지 또 푹푹 내리쬐는 태양 아래에서 시멘트 가루를 보얗게 뒤집어쓰고 줄줄 흐르는 땀에 젖어 가면서.

그러는 동안에도 나는 전날 밤에 당한 무서운 경험을 머릿속으로 되풀이하여 보지 않을 수 없었다. 도깨비면 도깨빈가 보다 하고만 생각하여 두면 그만이었지마는 그래도 그것을 그렇게 단순하게 씩 닦아 버릴 수는 없었다.

'대체 원 도깨비가…….'

하고 요리조리로 무한히 생각하였다. 하나 아무리 생각한다 하더라도 결국 나에게는 풀지 못할 수수께끼에 지나지 못하였다.

하는 수 없이 나는 점심시간을 타서 친구들에게 그 이야기를 하였다. 모두들 적지 않은 흥미를 가지고 들었다.

"머 도깨비?"

이층 꼭대기에 시멘트를 갖다 주고 내려온 맹꽁이 유 서방은 등에 메었던 통을 내려놓기도 전에 눈을 휘둥그렇게 떴다.

"내가 있었더라면 그까짓 걸 그저……."

벤또를 박박 긁던 달랭이' 최 서방은 이렇게 뽐냈다.

그러나 가장 침착하게 담배를 푹푹 피우던 대머리 박 서방만은 그다지 신통치 않은 듯이

"그래 그것한테 그렇게 혼이 났단 말인가…… 딴은 왕눈이 따위니까."

하면서 밉지 않게 싱글싱글 웃으면서 김 서방과 나를 등분으로 건너보았다. 그리고

“도깨비 도깨비 해두 나같이 밤마다야 보겠나.”
하고 빨던 담배를 툭툭 떨더니 이야기를 꺼냈다.

“바로 우리 집 옆에 빈집이 하나 있네. 지금 있는 행랑에
든 지가 몇 달 안 되어 모르긴 모르겠으나 어떻게 된 놈의 집
이 원 사람이 들었던 집인지 안 들었던 집인지 벽은 다 떨어
지구 문짝 하나 없단 말야. 그런데 그 빈집에 말일세.”

여기서 박 서방은 소리를 한층 높였다.

“저녁을 먹구 인제 골목쟁이를 거닐지 않겠나. 그러면 그
때일세. 별안간 고요하던 빈집에 불이 하나씩 둘씩 꺼졌다 켜
졌다 하겠지. 그것이 진 서방(나를 가리켜 하는 말이다) 말마
따나 무엇을 찾는 듯이 슬슬 기다는 꺼지고 꺼졌단 또 생긴단
말야. 그런데 그런 불이 차차 늘어 가겠지. 그러곤 무언지 지
껄지껄하는 소리가 나자 한쪽에서는 돈을 세는지 은방망이로
장난을 하는지 절걱절걱하다간 또 무엇을 먹는지 쭉쭉 하는
소리까지 들리데. 그나 그뿐인가. 어떤 날은 저희끼리 싸움을
하는지 씨름을 하는지 후당탕하면서 욕지거리, 웃음소리 참
야단이지. 그러다가두 밤중만 되면 고요해지지만 그때면 또
별 괴괴망칙한 소리가 다 들려오데.”

박 서방은 여기서 말을 문득 끊더니

“어때 자미들 있나.”
하고 좌중을 둘러보면서 싱글싱글 웃었다.

“정말유 그게?”

웅크리고 앉았던 달랭이 최 서방은 겨우 숨을 크게 쉬면서 눈을 까불까불하였다.

"그럼 정말 아니구 내가 그래 자네들을 데리구 실없는 소리를 하겠나."

하면서 박 서방은 말을 이었다.

"하나 너무 속지들은 말게. 그런 도깨비는 비단 그 빈집에나 진 서방들 혼난 데만 있는 것이 아닐세. 위선 밤에 동관이나 혹은 종묘께만 가 보게. 시글시글할 테니."

나의 도깨비 이야기를 하여 의심을 풀려던 나는 박 서방의 도깨비 이야기로 하여 그 의심을 더한층 높였을 따름이었다. 더구나 뼈 있는 그의 말과 뜻있는 듯한 그의 웃음은 더한층 알지 못할 수수께끼였다.

"그럼 대체 그 도깨비가 무엇이란 말유."

"내가 이 자리에서 길다케 말할 것 없이 자네가 오늘 저녁에 또 한 번 가서 찬찬히 살펴보게. 그러면 모든 것이 얼음장같이……."

할 때에 박 서방의 곁에 시커먼 것이 나타났다.

"무슨 얘기 했소."

일인 감독의 일할 시간이 왔다는 것을 고하는 듯한 소리였다.

"오소오소 일이 해야지."

모두들 툭툭 털고 일어났다.

나도 하는 수 없이 박 서방에게 더 캐묻지도 못하고 자리를 일어나서 나 맡은 일터로 갔다.

✳

　그날 저녁이다.

　결국 나는 또 한 번 거기를 가 보기로 작정하였다. 물론 김서방은 뺑소니를 치고 나 혼자다. 뻔히 도깨비가 있는 줄 알면서 또 가기는 사실 속이 켕겼다. 하나 또 모든 의심을 풀어 버리고 그 진상을 알려 하는 나의 욕망은 그보다 크면 컸지 결코 작지는 않았다. 나는 장차 닥쳐올 모험에 가슴을 벌떡이면서 발에다 용기를 주었다.

　"그까짓 거 여차직하면 이걸로."

하고 손에 든 몽둥이―나는 만일의 경우를 염려하여 몽둥이 하나를 준비하였던 것이다―를 번쩍 들 때에 나는 저절로 흘러나오는 미소를 금할 수 없었다. 도깨비를 정복하러 가는 유령 장군같이도 생각되어서, 사실 한다하는 ×자 놈들이면 몰라도 무엇을 못 먹겠다고 하필 가난뱅이 노숙자들을 못살게 굴고 위협과 불안을 주는 유령을 정복하여 버리는 것은 사실 뜻있고도 용맹스러운 사업일 것이다―고 나는 생각하였다.

　어떻든 장차 닥쳐올 모험에 가슴을 벌떡이면서 발에다 용기를 주었다.

　어두워 가는 황혼 속에 음침한 동묘는 여전히 우중충하였다.

좀 이르다고 생각하였으나 나오기를 기다리면 되지 하고 제멋대로 후둑후둑 뛰는 가슴을 가라앉히고 아직도 열려 있는 대문을 서슴지 않고 들어섰다.

중문을 들어서 정전 앞으로 몇 발짝 걸어갔을 때이다.

전날 밤에 나타났던 정전 옆 바로 그 자리에 헙수룩하게 산발한 두 개의 그림자가 있었다. 그러나 나는 벌써 어리석은 전날 밤의 나는 아니었다.

"원 요런 놈의 도깨비가……."

몽둥이를 번쩍 들고 사실 장군다운 담을 가지고 나는 그 자리까지 달려갔다.

하나!

나의 손에서는 만신의 힘이 맺혔던 몽둥이가 힘없이 굴러 떨어졌다. 유령 장군이 금시에 미치광이 광대 새끼로 변하여 버렸던 것이다.

"원 이런 놈의……."

틀림없던 도깨비가 순식간에 두 모자의 거지로 변하다니! 이런 기막힌 일이 어디 있단 말인가.

다음 순간 그 무엇을 번쩍 돌려 생각한 나는 또다시 몽둥이를 번쩍 들었다.

"요게 정말 도깨비장난이란 것야."

하나 도깨비란 소리에 영문을 모르는 두 모자는 손을 모고 썩썩 빌었다.

“아이구 왜 이럽니까.”

이건 틀림없는 사람의 목소리였다.

“나가라면 그저 나가라든지 그래 이 병신을 죽이시럽니까. 감히 못 들어올 덴 줄은 알면서도 헐수할수없이…….”

눈물겨운 목소리로 이렇게 사죄를 하면서 여인네는 일어나려고 무한히 애를 썼다. 어린애는 울면서 그를 붙들었다.

역시 광대에 지나지 못한 나는 너무도 경홀한[10] 나의 행동을 꾸짖고 겨우 입을 열었다.

“아니우 앉아 계시우. 나는 고지기두 아무것두 아니니.”

“네?”

모자는 안심한 듯한 동시에 감사에 넘치는 눈으로 나를 치어다 보았다.

“어젯밤에 여기엔 아무것도 나오지 않았소?”

무어가 무언지 분간할 수 없는 나는 이렇게 물었다.

“네? 나오다니요? 아무것도 나오지는 않았습니다. 그리구 단지 우리 모자밖에는 여기 아무것도 없었습니다.”

여인네는 어사무사하여서[11] 이렇게 대답하였다.

“그럼 대체 그 불은?”

나는 그래도 속으로 의심하면서 주위로 눈을 휘둘렀다.

“무슨 일이나 생겼습니까. 정말 저희들밖에는 아무것두 없었습니다. 그리구 저희는 저질른 것두 없습니다. 밤중은 돼서 다리가 하두 아프길래 약을 발르려고 찾으니 생전 있어야지

유. 그래 그것을 찾느라구 성냥 한 갑을 다 거 내버린 일밖에
는 아무것도 없었습니다.”

하고 여인네는 한쪽 다리를 훌떡 걷었다. 그리고 눈물이 그
다리 위에 뚝뚝 떨어지기 시작하였다.

나는 모든 것을 얼음장 풀리듯이 해득하기는 하였으나 여
기서 또한 참혹한 그림을 보지 않으면 안 되었다. 그의 훌떡
걷은 한편 다리! 그야말로 눈으로는 차마 보지 못할 것이었
다. 발목은 끊어져 달아나고 장딴지는 나뭇개비같이 마르고
채 아물지 않은 자리가 시퍼렇게 질려 있었다.

“그놈의 원수의 자동차…… 그나마 얻어먹지도 못하게 이
렇게 병신을 맨들어 놓고…….”

여인네는 울음에 느끼기 시작하였다.

“자동차에요?”

“네, 공원 앞에서 그놈의 자동차에…….”

나는 문득 어슴푸레한 나의 기억의 한 귀퉁이를 번개같이
되풀이하였다.

달포 전.

어느 날 밤이었다―.

그날도 나는 이유 없이―가 아니라 바로 말하면 바람 쏘이
러―밤 장안을 헤매고 있었다. 장안의 여름밤은 아름다웠다.

낮 동안에 이글이글 타는 해에 익은 몸뚱아리에 여름밤은

둘 없이 고마운 선물이었다. 여름의 장안 백성들에게는 욱신욱신한 거리를 고무풍선같이 떠다니는 파라솔이 있고, 땀을 들여 주는 선풍기가 있고, 타는 목을 식혀 주는 맥주 거품이 있고, 은접시에 담긴 아이스크림이 있다. 그리고 또 산 차고 물 맑은 피서지 삼방이 있고, 석왕사가 있고, 인천이 있고, 원산이 있다. 그러나 그런 것은 꿈에도 못 보는 나에게는 머루알빛 같은 밤하늘만 치어다보아도 차디찬 얼음 냄새가 흘러오는 듯하였다. 이것만 하더라도 밤 장안을 헤매는 것은 무의미한 일은 아니었다. 게다가 무엇보다도 거리 위에 낮 거미 새끼같이 흩어진 계집의 얼굴—은 사뤄분 냄새만 맡을 수 있는 것만 하여도 사실 밤 장안을 헤매는 값은 훌륭히 될 것이었다.

그러나 장안의 여름밤을 아름다운 꿈으로만 생각하는 것은 큰 실수이다. 거기에는 생활의 무거운 짐이 있다. 잔칫집 마당같이 들볶아치는 야시에는 하루면 스물네 시간의 끊임없는 생활의 지긋지긋한 그림이 벌려져 있었다. 거기에는 낮과 다름없이 역시 부르짖음이 있고, 싸움이 있고, 땀이 있었다.

그러나 아무튼지 간에 가슴을 씻겨 주는 시원한 맛은 싫은 것은 아니었다. 여름밤은 아름다웠다. 그런고로 나는 공원 앞 큰 한길 옆에 사람이 파도를 일으키면서 요란히 수물거리는 것은 구태여 볼 것 없이 술김에 얼근한 주객이나 그렇지 않으면 야시의 음악가 깽깽이 타는 친구를 둘러싸고 있는 것이려니 생각하고

"흥 여름밤이니까!"

혼자 중얼거리면서 무심코 그곳을 지나려 하였다.

그러나 사람들의 수물거리는 품이 주정꾼이나 혹은 깽깽이 꾼의 경우와는 달랐다. 그리고 무엇보다도

노자 노자
젊어 노자
먹구 마시구
만판 노자.

하는 주객의 노래는 안 들렸다. 그렇다고 밤 사람을 취하게 하는 '아름다운' 깽깽이 노래도 들려오지는 않았다.

"그러문 대체—."

나의 발길은 부지중에 그리로 향하였다.

"머? 겨우 요술꾼 약장수야!"

나는 거의 실망에 가까운 어조로 이렇게 중얼거리고 대수롭지 않은 듯이 발길을 돌이키려 할 때이다. 사람들의 수물거리는 틈으로 나는 무서운 것을 보았다.

군중의 숲에 싸여서 안 보이던 한 채의 자동차와 그 밑에 깔린 여인네 하나를 보았다. 바퀴 밑에는 선혈이 임리[12]하고 그 옆에는 거지 아이 하나가 목을 놓고 울면서 쓰러져 있었다. "자동차 안에는" 하고 보니 아니나 다를까 불량배와 기생

년들이 그득하였다.

"오라질 연놈들!"

"자동찰 타니 신이 나서 사람까지 치니."

"원 끔찍두 해라."

이런 말마디를 주우면서 나는 어느 결에 그 자리를 밀려져 나왔었다.

"그래 당신이 그……."

나는 되풀이하던 기억의 끝을 문득 돌려 이렇게 물었다.

"네, 그렇답니다. 달포 전에 그 원수의 자동차에 치어 가지구 병원엔지 무엔지를 끌구 가니 생전 저 어린것이 보구 싶어 견딜 수 있어야지유. 그래 한 달두 채 못 돼 되루 나오지 않았어요. 그랬더니 이놈의 다리가 또 아프기 시작해서 배길 수 있어야지유. 다리만 성하문야 그래두 돌아댕기면서 얻어먹을 수는 있지만……."

여인네는 차마 더 볼 수 없는 다리를 두 손으로 만지면서 울음에 느꼈다.

나는 그의 과거를 더 캐물으려고도 하지 않았다. 아니 묻지 않아도 그의 대답은 뻔한 것이었다.

"집이 원래 가난했습니다. 그런 데다가 남편이 죽구 나니……."

비록 이런 대답은 안 할지라도 그 운명이 그 운명이지 무슨 더 행복스러운 과거를 찾아낼 수 있었으리오.

나의 눈에는 어느 결엔지 눈물이 그득히 고였었다. '동정은 우월감의 반쪽'일는지 아닐는지는 모른다. 하나 나는 나도 모르는 동안에 주머니 속에 든 대로의 돈을 모두 움켜서 뚝 떨어지는 눈물과 같이 그의 손에 쥐여 주었다. 그러고는 아무 말 없이 부리나케 그 자리를 뛰어나왔었다.

＊

이야기는 이만이다.

독자여, 이만하면 유령의 정체를 똑똑히 알겠지. 사실 나도 이제는 동대문이나 동관이나 종묘나 또 박 서방 말한 빈 집터에 더 가 볼 것 없이 박 서방의 뼈 있는 말과 뜻있던 웃음을 명백히 이해하였다.

그리고 나는 모두 나와 같은 운명을 가진 애매한 친구들을 유령으로 생각하고 어리석게 군 나를 실컷 웃어도 보고 뉘우쳐 보기도 하였다.

독자여, 뭐? 그래도 유령이라고? 그래 그럼 유령이라고 해 두자. 그렇게 말하면 사실 유령일 것이다. 살기는 살았어도 기실 죽어 있는 셈이니!

어떻든 유령이라고 해 두고 독자여 생각하여 보아라. 이 서울 안에 그런 유령이 얼마나 많이 늘어 가는가를!

늘어 간다고 하면 말이다. 또 되풀이하는 것 같지만 첫 페이지로 돌아가서—.

어슴푸레한 저녁 몇 리를 걸어도 사람의 그림자 하나 찾아볼 수 없는 무인지경인 산골짝 비탈길 여우의 밥이 다 되어 버린 해골덩이가 똘똘 구는 무덤 옆 혹은 비가 축축이 뿌리는 버덩의 다 쓰러져 가는 물레방앗간, 또 혹은 몇백 년이나 묵은 듯한 우중충한 늪가!

거기에 흔히 나타나는 유령이 적어도 문명의 도시인 서울에 오히려 꺼림 없이 나타나고 또 서울이 나날이 커 가고 번창하여 가면 갈수록 유령도 거기에 정비례하여 점점 늘어 가니 이게 무슨 뼈저린 현상이냐! 그리고 그 얼마나 비논리적 마술적 아지 못할 사실이냐! 맹랑하고도 기막힌 일이다. 두말할 것 없이 이런 비논리적 유령은 결코 있어서는 안 될 것이다.

그러면 어떻게 하면 이 유령을 늘어 가지 못하게 하고, 아니 근본적으로 생기지 못하게 할 것인가?

현명한 독자여! 무엇을 주저하는가. 이 중하고도 큰 문제는 독자의 자각과 지혜와 힘을 기다리고 있지 않은가!

개살구

　서울집을 항용 살구나무집이라고 부르는 것은 바로 집 뒤에 아름드리 살구나무가 서 있는 까닭인데 오대 선조부터 내려온다는 그 인연 있는 고목을 건사할 겸 지은 집이언만 결과로 보면 대대로 내려오는 무준한 그 살구나무가 도리어 그 아래의 집을 아늑하게 막아 주고 싸 주는 셈이 되었다. 동리에서 제일 먼저 꽃피는 것도 그 살구나무여서 한창 제철이면 찬란한 꽃송이와 향기 속에 온통 집은 묻혀 무르녹은 꿈을 싸 주는 듯도 하지만 잎이 피고 열매가 맺기 시작하면 집은 더한층 그 속에 묻혀 버려서 밖에서는 도저히 집 안을 엿볼 수 없는 형세가 되었다. 살구나무집이라도 결국은 하늘 아래 집이니 그 속에 살림살이가 있을 것은 다 같은 이치나 그 살림살이가 어떠한 것이며 그 속에서는 허구한 날 무엇이 일어나는

지 외따로 떨어진 그 집 안의 소식을 호젓한 나무 아래 사정을 동리 사람들이 알아낼 수는 없었다. 모든 것이 나무 속에 감추어져서 하늘의 별조차도 나무 아래 지붕은 고사하고 나무를 뚫고 속사정을 엿볼 수는 없었다. 푸른 열매가 익어 갈 때 참살구 아닌 그 개살구의 양은 보기만 하여도 어금니에 군물이 돌았다. 집안의 살림살이도 별수 없이 어금니에 군물 도는 그 개살구의 맛일는지도 모르나 그러나 그 살구를 훔치러 사람들은 집 뒤를 기웃거리기가 일쑤였다.

도시 함석집이라고는 면내에서는 면소와 주재소 조합과 학교, 그러고는 서울집이어서 사치하기로는 기와집 이상으로 보였다. 장거리와 뒷마을과의 사이의 넓은 터전은 거의 다 김형태의 것이어서 그 한복판에다 첩의 집을 세웠다 한들 관계할 바 아니나 푸른 논 가운데 외따로 우뚝 서 있는 까닭에 회벽 함석지붕의 그 한 채가 유독 눈에 뜨이고 마음을 끌었다. 오대산에 채벌장이 들어서면서부터 박달나무의 시세가 한참 좋을 때에는 산에서 벤 나무토막을 실은 우찻바리[1]가 뒤를 이어 대관령을 넘었다. 강릉 주문진 항구에 부려만 놓으면 몇 척이든지 기선에 싣고는 철로 공사가 있다는 이웃 항구로 실어 나르곤 하였다.

오대산 속에 산줄기나 가지고 있던 형태는 버리는 것인 줄만 알았던 아름드리 박달나무 덕택에 순시에 돈벼락을 맞게 되었다. 논 섬지기나 더 늘리게 된 것도 그 판이었고 살구나무집을 세운 것도 그때였다. 학교에 돈백이나 기부하여 학무위원의 이름을 가졌고 조합의 신용을 얻어 아들 재수를 조합의 서기로 취직시킨 것도 물론 그 무렵이었다. 흰 회벽의 집이 야청으로서밖에는 소용이 없다고 생각하였던 동리 사람들은 그 깎은 듯이 아담한 집 격식에 눈을 굴렸다. 뜰 안에 라디오의 안테나가 들어서고 유성기의 노랫소리가 밤낮으로 흘러나오게 되었을 때에는 혀를 말았다. 박달나무가 가져온 개화의 턱찌끼에 사람들은 온통 혼을 뽑히었던 것이다. 뒷마을 기와집 큰댁과 앞마을 살구나무집 작은댁과의 사이를 한가하게 어슬렁어슬렁 거니는 형태의 양을 사람들은 전과는 다른 것으로 고쳐 보기 시작하였다.

꿈속 같은 호사스러운 그 속에서도 가끔 변이 생겨 서울집은 두 번째 댁이었다. 첫댁은 집이 서기가 바쁘게 강릉서 데려온 지 해를 못 넘어 달밤에 도망을 쳐 버렸다. 동으로 대관령을 넘어서 강릉까지는 팔십 리의 길이었다. 아침에 그런 줄을 알고 뒤를 쫓는대야 헛일이었으며 강릉에 친가가 있는 것이 아니라 온전히 뜬 사람이었던 까닭에 찾을 길이 막막하였다.

다른 사내가 있었다는 말도 듣기도 하여 형태는 영동을 단념해 버리고 이번에는 앞대[2]를 생각하게 되었다. 서으로 서울까지는 문재 전재를 넘고 원주, 여주를 지나 오백 리의 길이었다.

이틀 동안이나 자동차에 흔들려서 첫 서울의 길을 밟은 지

거의 달포 만에 꽃 같은 색시를 데리고 첩첩한 산을 넘어 돌아왔다. 뜨물같이 허여멀쑥한 자그마하고 야물어진 서울 색시를 앞대 물을 먹으면 인물조차 그렇거니만 생각하면서 사람들은 자동차에서 내리는 그를 울레줄레 둘러쌌다. 하기는 그만한 인물이 시골에까지 차례지게 되기까지에는 상당한 물재의 희생이 있었으니 형태는 그번 길에 속사리 버덩의 일곱 마지기를 팔아 버렸던 것이다. 들고나게 된 한 가호를 살려 주고 그 값으로 외딸을 받아 가지고 왔다는 소문이었다. 장안에서도 일색이었다는 서울집이 시골 와서 절색임은 물론이었고 마을 사람들은 마치 여자라는 것을 처음 보는 것과도 같이 탄복하고 수군들 거렸다.

첫번 강릉집의 경우도 있고 하여 형태는 단속이 무서웠다. 별수 없이 새장에 갇힌 새의 신세였다. 형태는 집안 재미에 마음을 잡고는 즐겨 하던 투전판에도 섞이는 법 없이 육중한 몸을 유들유들하게 서울집에 박혀 있는 날이 많았다. 검은 판장으로 둘러친 울과 우거진 살구나무와는 굳은 성벽이어서 안에서도 짐작할 수 없으려니와 밖에서 엿볼 수도 없었다. 그러나 단속이 심하면 심할수록 갇혀 있는 사람의 마음은 한층 허랑하게 밖으로 날아서 강릉집이 첩넘의 읍을 그리워하듯이 서울집 또한 영첩한 산을 넘어 앞대를 그리워하는 심정은 일반이었다. 집에 든 지 달포도 채 못 되어서 하룻밤은 별안간에 헛소동이 일어났다. 서울집이 집 안에 없음을 깨닫고 형태가 황겁결에 도망이라고 외쳤던 까닭에 이웃 사람들은 호기심도 솟고 하여 일제히 퍼져 도망간 서울집을 찾으려 들었다. 마침 그믐밤이어서 마을은 먹을 뿌린 듯이 어두운데 각기 초롱에 불들을 켜 가지고 웬만한 곳은 샅샅이 헤매었다. 어두운 속 군데군데에서 초롱불이 반딧불같이 움직이며 두런두런 말소리가 흘러왔다. 외줄 신작로를 동과 서로 몇 마장씩 훑어보고는 닥치는 대로 마을 안을 온통 뒤졌다.

뒷마을서부터 차례차례로 산기슭 수수밭 과수원을 들치고 앞으로 나와 성황 숲에서는 느릅나무와 느티나무의 테두리를 샅샅이 살피고 거리를 사이로 아래위로 훑어보고는 냇가의 숲 속과 물레방앗간을 뒤졌으나 종시 서울집의 자태는 보이지 않았다. 설레는 마음에 앞장을 서서 휘줄거리던[3] 형태는 홧김에 초롱을 던지고는 말도 없이 발을 돌렸다. 뒤를 따르는 사람들도 입맛을 다시면서 풀린 맥에 초롱을 내저으며 자연 걸음이 느려졌다. 아무래도 서쪽으로 길을 들었을 것이 확실하니 날이 밝은 후 강릉서 오는 자동차로 뒤를 쫓는 것이 상수라고 공론들이었다. 강릉집 때에 혼이 난 형태는 실망이 커서 그렇게라도 할 배짱으로 한시가 초조하였다. 담배들을 피우면서 웅얼웅얼 지껄이며 돌밭을 지나 물가에 이르렀을 때에 앞을 섰던 형태가 불시에 주춤하면서 걸음을 멈추고 어둠 속을 노렸다. 한 사람이 초롱불을 앞으로 휙 내밀었을 때 물 속에서는 철버덩 소리가 나며 시허연 고래가 한 마리 급스럽게 숲 속으로 뛰어 들어갔다.

어둠 속에서도 유난스럽게 희고 퍼들퍼들한 몸뚱어리였다. 의외의 곳에서 그날 밤의 사냥에 성공하고 마을 길을 더듬어 올 때 모두들 웃음에 허리를 꺾을 지경이었다. 도망했다고만 법석을 한 서울집은 좀체 나오기 어려운 기회를 타서 혼자 시냇가에 목물을 나왔던 것이다. 벌써 일 년 전의 일이었으나 그 일이 있은 후로 형태는 서울집의 심중에 적이 안심되어 덮어놓고 의심하지는 않게 되었다. 집안사람들의 출입도 잦지 못한 집 안은 언제든지 고요하고 감감하여서 그 속에 무슨 일이 일어나며 변이 생기는지 알 도리가 없었다. 푸른 살구가 맺혀 그것이 누렇게 익어갈 때면 마을 사람들은 드레드레 달린 누른 개살구를 바라보고 모르는 결에 어금니에 군물을 돌리곤 할 뿐이었다.

1

들에 보리가 익고 살구도 완전히 누런빛을 더하여 갔다.

달무리가 있은 이튿날 아침 뒷마을 샘물터는 온통 발끈 뒤집혔다.

당초에 말을 낸 것은 맨 처음 물 이러 온 금녀였고 그의 말을 들은 것이 다음에 온 제천이었다. 제천이는 이어 온 춘실네에게 그것을 귀띔하고 춘실네는 괘사[4] 옥분에게 전하고 옥분은 히히덕거리며 방앗집 새댁에게 있는 대로 털어 버렸다.

간밤의 변사는 순식간에 입에서 입으로 온통 번설되고야 말았다. 뒤를 이어 모여든 한 패는 물을 길어 가지고는 냉큼 갈줄을 모르고 물동이를 차례차례로 샘 전에 놓은 채 어느 때까지나 눈길을 흘끗거리면서 뒤숭숭하게 수군거렸다. 한번 말문이 터지면 좀체 수습하기 어려워서 있는 말 없는 말 주워섬기는 동안에 아침 시중이 늦어지는 줄도 모르고 횡설수설이었다. 새침데기이던 방앗집 새댁도 제법 말주머니여서 뒤에 오는 축들을 붙들고는 꽁무니가 무겁게 어느 때까지나 말질이었다.

'세상에 그런 법도 있을까. 집 안이 언제나 감감하길래 수상하다고는 노렸으나—하필 김 서기일 줄야 뉘 알았을꼬. 환장이지 그럴 수가 있나. 무서워라.'

두 동이째 물을 이러 온 금녀는 아직도 우물터가 와글와글 뒤끓는 것을 보고 별안간 무서운 생각이 들었다. 처음으로 말을 낸 경솔을 뉘우쳤으나 그러나 한번 낸 말을 다시 입 안으로 걷어들일 수는 없는 노릇이었다. 청을 받는 대로 간밤의 변을 몇 번이고 간에 되풀이하는 수밖에는 없었다. 되풀이하는 동안에 하기는 마음은 대담하여 가고 허랑하여졌다.

'아마도 무엇에 홀렸던 게지, 아무리 달이 밝기로서니 아닌 밤에 살구 생각은 왜 나겠수. 살구 도적 간 것이 끔찍한 것을 보게 된 시초니.'

금녀가 하필 그 밤에 살구나무집 살구를 노린 것은 형태가 마침 며칠 전에 읍내로 면장 운동을 떠난 눈치를 알아챈 까닭이었다. 개궂은[5] 그가 출타한 이상 집을 엿보기쯤은 어려운 노릇이 아니었다. 논길을 살며시 숨어들어 살구나무에 기어올라 우거진 가지 속에 몸을 감추기는 여반장이었으나 교교하게 밝던 보름달이 공교롭게도 별안간 흐려지면서 누리가 금시에 캄캄하여 간 것은 마치 무슨 조화나 붙은 것 같았다. 알고 보니 그날 밤이 월식이어서 그때 마침 온통 어두워진 하늘에서는 검은 개가 붉은 달을 집어 먹으려고 노리고 있는 중이었다. 모든 것이 물속에 빠진 듯이나 고요하고 어두운 가운데에서 길을 잃은 듯한 박쥐의 떼가 파닥파닥 날아들고 뒷산의 부엉이 소리가 다른 때보다 한층 언짢게 들렸다.

멀리서 달을 보고 짖는 개의 소리가 마디마디 자지러지게 흘러왔다. 지척을 분간할 수 없는 나뭇잎 속에서 금녀는 불길한 생각에 몸서리를 치면서 살구 생각도 없어지고 나뭇가지를 바싹 붙들었다. 변이라도 일어날 듯한 흉한 밤이었다. 하늘의 개는 붉은 달을 입에 넣고 게웠다 물었다 하다가 드디어 온전히 삼켜 버리고야 말았다. 천지는 그대로 몽땅 땅속에 묻혀 버린 듯이 새까맣고 딥딥하여졌다. 부엉이 울음노 개 짖는 소리도 어느 결엔지 그쳐진 캄캄한 속에서 금녀는 무서운 김에 팔 위에 얼굴을 얹고 차라리 눈을 감아 버렸다. 눈을 감으면 한결 귀가 밝아져서 어느 맘 때는 되었는지 이슥한 속에서 문득 웅얼웅얼하는 사람의 속삭임이 들렸다. 정신이 귀로만 쏠릴수록 말소리도 차차 확실해져서 바로 살구나무 아래편 뒤안 평상 위에서 들려오는 것인 줄을 알았다. 방 안에는 등불이 켜지지 않았고 나무에 오르자 월식이 시작된 까닭에 당초부터 그 아래에 사람이 있는 줄은 몰랐던 것이다. 비록 얕기는 하여도 굵고 가는 한 쌍의 목소리가 남녀의 목소리임에는 틀림없었다. 여자의 목소리는 서울집의 것이라고 하고 남자의 목소리는 누구의 것일까. 부엌일하는 점순이 외에는 남자의 출입이라고는 큰댁 식구들도 마음대로 못 하게 하는 형편에 아닌 밤에 서울집과 수군거리는 사내는 누구일까 하고 금녀는 무서움도 잊어버리고 이번에는 솟아오르는 호기심에 정신을 바짝 차리고 어둠 속을 노리기는 하나 워낙 어두운 데다가 나뭇잎이 우거져서 좀체 분간하기 어려웠다. 무시무시하면서도 한편 온몸이 근실근실하여서 침을 삼키면서 달이 밝아지기를 조릿조릿 기다렸다. 이윽고 하늘개는 먹었던 달덩이를 옳게 삭이지 못하고 불덩어리째로 왈칵 게워 버리고야 말았다. 엉켰던 구름이 헤어지고 맑은 하늘이 그 사이로 솟기 시작하자 달았던 불덩어리도 어느 결엔지 온전한 보름달로 변하여 갔다. 하늘의 변화를 우러러보던 금녀는 어느 결엔지 환히 드러난 제 꼴에 놀라 움츠러들며 나무 아래를 날쌔게 나뭇잎 사이로 굽어보다가 별안간 기겁을 할 듯이 외면하여 버렸다.

수풀 속에서 뱀을 만났을 때의 거동이었다. 뒤안에 내놓은 평상 위에 뱀 아닌 남녀의 요염한 꼴을 보았기 때문이었다. 처녀인 금녀로서는 처음 보는 보아서는 안 될 숨은 광경이었다. 그러나 더 놀라운 것은 그 남녀가 서울집과 조합의 김 서기 재수란 것이다. 서울집의 소문은 이러쿵저러쿵 기왕부터 있기는 있어서 이제는 벌써 등하불명[6]으로 모르는 부처님은 남편 형태뿐이라는 소문은 소문이었으나 사내가 재수일 줄야 그 아무도 짐작하지 못한 바이며 그렇기 때문에 금녀의 놀람은 컸다. 너무도 어처구니가 없어 다시 한 번 무시무시 아래를 훔쳐보았으나 속일 수 없는 밝은 달은 사정이 없었다.

금녀는 그것을 발견한 자기 자신이 큰 죄나 진 것도 같아서 몸서리를 치면서 아비 아들의 기구한 인연을 무섭게 여겼다. 그들 둘이 아는 외에는 하늘과 땅만이 알 남녀의 속일을 귀신 아닌 금녀가 엿볼 줄이야 어찌 짐작인들 하였으랴. 하기는 그래도 달을 두려워함인지 뒤안이 훤히 밝아지자 남녀는 평상에서 내려와서 방 안으로 급스럽게 들어가는 것이었으나 어지러운 그 뒤꼴들을 바라볼 때 금녀는 다시 새삼스럽게 무서워지며 하늘이 벼락을 내린다면 바로 이런 곳이 아닐까 하고 미릿골이 선뜩히여져서 살구 생각도 다 잊어버리고 부리나케 나무를 미끄러져 내려왔다. 논길을 빠져 집까지는 거의 단숨에 달았다. 밤이 맞도록 잠 한숨 못 이루고 고시랑고시랑 컴컴한 벽을 바라볼 뿐 하늘과 땅만이 아는 속일을 알았다는 두려움이 한결같이 가슴속에 물결쳤다. 그러나 시원한 아침을 맞아 샘물터에서 동무를 만났을 때에는 엉켰던 마음도 적이 누그러져 허랑하게 그만 입을 열게 되었다. 하기는 그 끔찍한 괴변은 차라리 같이 알고 있는 것이 속 편한 노릇이지 혼자 가슴속에 담아 두기에는 너무도 무서운 것이었다. 그날은 샘터도 별스러이 소란하여서 아침물이 지나고는 조금 빤하더니 낮쯤해서 또 한바탕 들끓고야 말았다. 꽤 먼 마을 한끝에서까지 길으러 가는 샘이므로 모이는 인물들도 허다한 속에 대개 아침 인물이 한두 사람씩은 끼어 있었다.

"사내가 그른가 계집이 그른고—하긴 그런 일에 옳고 그른 편이 있겠소만."

"터가 글렀어. 강릉집 때에두 어디 온전히 끝장이 났우. 오대를 내려온다는 그놈의 살구나무가 번번이 일을 치거든."

이렇게 수군거리는 패도 있었다.

"핏줄에서 난 도적이니 누구를 한하겠소만 면장 운동인가 무언가를 떠난 것이 불찰이지 버젓이 앉아 있는 최 면장을 떼고 그 자리에 대신 들어앉으려니 그런 억지가 어디 있우. 박달나무 덕에 돈 벌고 땅 샀으면 그만이지 면장은 해 무엇 한단 말요. 과한 욕심 낸 죄로 하면야 싸지. 군수하고 단짝이라나. 이번 길에도 꿀 한 초롱과 버섯 말이나 가지고 간 모양인데 쉬이 군수가 갈린다는 소문이니까 갈리기 전에 한몫 얻으려고 바싹 붙는 모양이야."

"애비보다두 자식이 못나고 불측한[7] 탓이 아니오. 장가든지 불과 몇 달에 아내를 뚜드려 쫓더니 그 짓이란 말야. 춘천 가서 윗학교를 칠 년 만에 마친 위인이니 제구실을 할 수야 있겠소? 조합 서기도 애비 덕에 간신히 얻어 한 것이 아니오."

"자식과 원수 된 것을 알면 형태는 대체 어떻게 할꼬."

샘물 둥지에는 돌배나무 한 포기 서 있었다. 돌팔매를 던져 풋배를 와르르 떨어서는 뜻 없이 샘물 속에 집어던지면서 번설들이었다.

"이 자리에서만 말이지 까딱 더 번설들 맙시다. 형태 귀에 들어갔단 큰일 날 테니."

민망한 끝에 발설을 한 것이 춘실네였다. 그러나 저녁때도 되기 전에 또 점순에게 그것을 귀띔한 것도 춘실네였다.

서울집 부엌데기로 있는 점순은 전날 밤을 집에서 지내고 아침에 일찍이 나가 진종일 집에서만 일한 까닭에 그 괴변을 보지도 듣지도 못하였다. 다시 집으로 갔다가 저녁참을 대고 나올 때에 수수밭 모퉁이에서 춘실네를 만나 들으니 초문이었다. 재수는 전에 그에게도 한 번 불측한 눈치를 보인 일이 있어서 그의 버릇은 웬만큼 짐작은 하는 터였으나 역시 놀라지 않을 수는 없었다. 서울집을 극진히 여기는 점순은 그의 벼이 번설되는 것을 민망히는 여겼으나 변이 변인만큼 가만 있을 수도 없어 그 걸음으로 다시 집에 들어가 남편 만손에게 전하고 내친걸음에 거리로 나가 가가[8] 보는 태인에게도 살며시 뙤어주었다. 태인과는 만손 몰래 정을 두고 지내는 사이였다.

　태인은 가가에 모이는 사람들에게 한두 마디씩 지껄이게 되고 만손은 그날 저녁 형태네 큰사랑에 마을 가서 모이는 농군들에게 말을 퍼놓게 되었다.

　이렇게 하여 소문은 하루 동안에 재빠르게도 마을 안에 쫙 퍼지게 되었다. 이제는 벌써 당사자 두 사람과 출타한 형태만이 몰랐지 마을 사람은 모두—형태 큰댁까지도 사랑 농군에게서 들어 알게 되었다. 큰댁은 놀라기는 무척 놀랐으나 제 자식의 처신머리가 노여운 것보다도 서울집의 빗나간 행동이 더 고소하게 생각되었다. 염라대왕에게 서울집 속히 데려가기를 밤낮으로 비는 큰댁은 남편이 돌아와 어떻게 이 일을 조처할까에 모든 생각이 쏠리는 까닭이었다.

2

　그날 밤은 열엿샛날 밤이어서 간밤같이 월식도 없고 조금 늦게는 떴으나 달이 밝았다.

　샘터 축들은 공연히 마음이 달떠서 달밤을 잠자코 지내기 어려운 속에서 옥분은 드디어 실무죽한 금녀를 충충대서[9] 끌어내고야 말았다. 하룻밤 더 살구나무를 엿보자는 것이었다. 옥분은 금녀보다도 바라지고 앵돌아져서 금녀가 모르는 세상을 벌써 재빠르게 엿본 뒤였다. 오대산에서 강릉으로 우차를 몰아 재목을 실어 나르는 박 도령과는 달에 불과 몇 번밖에는 만날 수 없어서 그가 장날 장거리까지 내려오거나 그렇지 못

하면 옥분이 윗마을 월정 거리까지 출가 전의 눈을 훔쳐 가지고 올라가지 않으면 안 되었다. 그런 때에는 대개 밭에 일하러 간다고 탈하고 근 오 리 길을 걸어 올라가 월정사에서 나오는 길과 신작로가 합하는 곳에서 박 도령을 기다렸다가 조밭 머리나 개울가에 가서 묵은 회포를 이야기하곤 하였다. 나중에 어떻게 되리라는 계책도 서지 못한 채 다만 박 도령의 인금[10]만을 믿고 늘 두근거리는 마음에 위험한 눈을 훔치곤 하였다. 한 이태 더 몰아서 돈백이나 모이거든 강릉에 가서 살자고 번번이 언약을 하고 우차를 몰고 대관령 쪽으로 느릿느릿 걸어가는 뒷모양을 바라볼 때 번번이 가슴이 찌르르하였다. 거듭 만나는 동안에 남녀의 정이라는 것을 폭 안 옥분은 금녀와는 달라서 남녀의 세상에 유달리 마음이 쏠렸다.

금녀와 둘이 뒷마을을 나와 밭길을 들어갔을 때 한참 밝아서 옥수수수염과 피마주 대궁이 새빨갛게 달빛에 어리었다. 논둑에서 기다리고 있는 점순을 만나 한패가 되어서 지름길을 들어서 살금살금 살구나무께로 향하였다. 사특한[11] 마음으로가 아니라 주인집 동정을 살펴서 잘 알고 있음이 부리우는 사람으로서 마땅한 일 같아서 점순은 저녁 시중이 끝나자 약조하였던 금녀들을 기다리러 논둑에 나와 앉았던 것이다.

말 없는 나무는 간밤이나 그 밤이나 같은 태도 같은 표정이었다. 금녀는 같은 나무에 두 번 오르기 마음이 허락지 않아 혼자 나무 아래에서 망을 보기로 하고 점순과 옥분을 올려보냈다. 집에서는 유성기 소리가 쉴 새 없이 들리더니 판이 끝나도 정신없이 버려두어 판 갈리는 소리가 어느 때까지나 스르럭스르럭 들렸다.

나무 위에서 내려다보이는 집 안의 모양은 그 속에서 일할 때의 모양과는 퍽이나 달라서 점순은 모든 것을 신기한 것으로 굽어보았다. 평상 위에 유성기를 내놓고 금녀의 말과 틀림없이 서울집과 재수 단둘이 앉아 달 밝은 밤이라 월식의 괴변은 없으나 정답게 수군거리고 있는 것도 신기하였으나 열어젖힌 문으로 들여다보이는 방 안의 광경도 그 속에 있을 때와는 다르게 조촐하고 호화롭게만 보였다. 부러운 광경을 정신없이 내려다보는 동안에 점순은 이상하게도 다른 생각은 다 제쳐놓고 서울집 인물에 비겨 재수의 인금은 보잘것없고 그러므로 서울집을 훔친 재수는 호박을 딴 셈이요, 서울집으로서는 아깝다는 그 자리에 당치 않은 생각이 불현듯이 솟기 시작하였다. 언제인지 한 번은 경대 위에 금반지를 훔친 일이 있어서 즉시로 발각되어 호되게 야단을 듣고 집을 쫓겨난 일이 있었으나 그런 변을 당하여도 점순은 서울집을 미워는커녕 더욱 어렵게 여기고 높이고 싶었다. 사내가 그에게 반한 듯이 점순도 그에게 반한 셈이었다. 여자로 태어나 마을의 뭇 사내들이 탐내 하는 그의 곁에서 지내게 되는 것을 다행으로 여겼다. 그러기에 한 번 쫓겨나면서도 구구히 빌어 다시 그 자리로 들어간 것이었다. 삼신할머니가 구석구석 잔손질을 해서 묘하게 꾸며 세상에 보낸 것이 바로 서울집이라고 점순은 생각하였다.

　손발이 동자같이 작고 살결이 물에 씻긴 차돌같이 희었다. 콧날이 봉긋이 솟은 아래로 작은 입을 열면 새하얀 잇줄이 구슬을 머금은 것같이 은은히 빛났다. 점순이 아무리 틈틈이 경대 속의 분을 훔쳐서 발라도 그의 살결을 본받을 수는 없었다. 검은 살결과 걱실걱실한 체대와 큰 수족을 늘 보이는 것이건만 그에게 보이기가 언제나 부끄러웠다. 열두 번 다시 태어난다 하더라도 그의 몸맵시를 따를 수는 없을 것 같았다. 뒤안에 물통을 들여다 놓고 그 속에서 목물을 할 때 그 희멀건 등줄기를 밀어 주노라면 점순은 그 고운 몸뚱이를 그대로 덥석 안아 보고 싶은 충동이 솟곤 하였다. 여름 한때 새끼손가락 손톱에 봉선화 물이나 들이게 되면 누에 같은 손가락 끝에 붉은 꽈리 알을 띄운 것도 같아서 말할 수 없이 귀여운 감동을 자아내는 것이었다. 그 서울집이 재수 따위의 손안에서 흐름하게 놀고 있음을 내려다보노라니 점순은 아까운 생각만 들었다. 즉시로 뛰어 내려가 그 자리를 휘저어 놓고도 싶었다. 어느 때까지나 그대로 버려두기 부당한 속히 한바탕 북새를 일으켜 사이를 갈라놓고 싶은 생각이 불현듯이 솟기 시작하였다. 그대로 살며시 덮어만 둔다면 어느 때까지나 애매한 형태에게까지 알려지지 않을 것이 한 되었다. 재수에게 대한 샘이 아니라 참으로 서울집에 대한 샘이었다.

그러나 점순이 그렇게 오래 걱정하지 않아도 좋은 것은 간 밤 이상의 괴변이 금시에 눈 아래 장면 위에 일어난 것이다. 세상에는 기묘한 일이 간간이 생기는 까닭인지 혹은 그 불측한 장면을 오래도록 허락하지 않으려는 뜻인지 참으로 뜻하지 않은 어처구니없는 일이 일어난 것이다. 그렇게라도 되지 않으면 형태에게 그 숨은 곡절은 알릴 길이 없었던 탓일까. 읍내에 갔던 형태가 별안간 나타난 것이다.

집을 떠난 지 여러 날 되기는 하나 하필 그 밤에 돌아오게 된 것은 귀신이 알린 탓이라고밖에는 생각할 수 없었다. 하기는 어느 날 어느 때 그 자리에 당장 돌아올는지도 모르면서 유유하게 정을 통하고 있는 남녀가 어리석은지도 모른다. 정에 빠진 남녀는 어리석어지는 법일까?

다따가 방문에서 불쑥 솟아 뒤안 툇마루에 나선 것이 형태임을 알았을 때 옥분은 기겁을 하고 점순에게로 몸을 쏠렸다. 나뭇가지가 흔들리며 살구가 후둑후둑 떨어졌으나 나무 위로 주의를 보내기에는 뒤안의 형세는 너무도 급박하였다.

평상 위에 서로 기대앉았던 남녀는 화닥닥 자세를 바로잡으면서 물결같이 갈라졌다. 그 황겁한 거동 앞에 막아선 형태의 육중한 몸은 마치 꿈속의 무서운 가위 같아서 그 가위에 눌린 것이 별수없이 두 사람의 꼴이었다. 움츠러들었을 뿐 쨍소리도 없는 데다가 형태 또한 바위같이 잠자코만 서서 한참 동안 자리는 고요할 뿐이었다. 검은 구름을 첩첩이 품은 채

천둥을 기다리는 무서운 순간이었다.

"대체 누구냐?"

지나쳐 상기된 판에 형태는 말조차 어리석었다. 하기는 재수가 아들임을 일순간 잊어버렸던지도 모른다.

"무엇들을 하고 있어?"

육중한 체대가 움직였을 때 서울집은 허둥허둥 평상에서 내려서 신을 신었다. 방으로 뛰어들어가려고 툇마루 앞에 이르렀을 때 말도 없이 형태의 손에 머리쪽을 쥐였다. 새 발의 피였다. 한 번 거세게 휘나꾸는 바람에 보잘것없이 폴싹 땅에 쓰러지고 말았다.

형태의 손질을 아는 점순은 아찔하여 그 자리로 기를 눌리고 말았다. 그 밤으로 무슨 변이 일어날지를 헤아릴 수 없는 판에 나무에서 유유하게 주인집 변사를 내려다보기가 무서웠다. 한시가 바쁘게 옥분을 붙들어 먼저 내려 보내고 뒤이어 미끄러져라 하고 급스럽게 나무를 타고 내려섰다. 뒤안에서는 주고받는 말소리가 차차 똑똑해지고 금시에 큰 북새가 시작될 눈치였다. 간밤의 변괴보다는 확실히 더 놀라운 변고에 혼을 뽑힌 셋은 웬일인지 그 밤의 책임이 자기들에게도 있는 것 같아서 다시 돌아다볼 염도 못 하고 꽁무니가 빠져라 논길을 뛰어나갔다.

이튿날 아침 소문은 도리어 뒷마을에서부터 났다. 새벽쯤해서 점순이 서울집으로 일을 하러 집을 나왔을 때 길거리에서 춘실네에게 간밤의 소식을 듣게 되었다. 재수는 당장에 물푸레나무가지로 물매를 얻어맞아 피를 흘리고 그 자리에 까무러쳐 쓰러진 것을 농군이 업어다가 뒷마을 집에 갖다 눕힌 채 아침까지 정신을 못 차리고 있다는 것이다. 전신이 부풀어 올라서 모습까지 변한 것을 큰댁은 걱정하여 울며불며 일변 약을 지어다가 달인다 푸닥거리 준비를 한다 집안은 야단이라는 것이었다.

궁금해서 두근거리는 마음에 점순은 부리나케 앞마을로 뛰어나가 닫힌 채로의 서울집 대문을 열고 들어섰을 때 집 안은 빈 듯이 고요하였다. 겁이 덜컥 나서 마루에 뛰어올라 의걸이 놓인 방문을 열었을 때 예료대로 놀라운 꼴이었다. 이불을 쓰고 누운 서울집을 벌써 운명이나 하지 않았나 하고 급히 이불을 벗겼을 때 살아 있는 증거로 눈을 뜨기는 하였으나 입에는 수건으로 자갈을 메웠고 볼에는 불에 덴 흔적이 끔찍하였다. 몸을 움짓움짓은 하면서 일어나지 못하는 것은 굵은 바로 수족을 얽어맨 까닭이었다. 바를 풀고 자갈을 빼었을 때 서울집은 소생한 듯이 간신히 일어나 앉았다. 흩어진 머리와 상기된 눈과 어지러운 자태가 중병이나 치르고 일어난 병자 모양이었다. 이지러져 변모된 얼굴을 볼 때 점순은 눈물이 핑 돌았다.

"죄를 졌기로서니 이럴 법이 있나? 사람이 아니라 짐승이지."

이를 부드득 가는 서울집의 눈에도 눈물이 그렁그렁 어리었다. 구슬 같은 그 고운 얼굴이 벌겋게 데어서 살뜰하던 모습은 찾을 수도 없었다.

"사지를 결박하구 입을 틀어막구 인두루 얼굴과 다리를 지지네나그려. 아무리 시굴 놈이기루서 그런 악착한 것 본 적이 있나. 제나 내나 사람은 매일반 마음은 다 각각이지 인두를 달군대야 사람의 마음이야 어찌 휘일 수 있겠나. 이런 두메에 애초부터 자청하구 올 사람이 누군가. 산 설구 물 설구 인정조차 다른데 게다가 허구한 날 안에만 갇혀 한 걸음 길 밖에도 못 나가게 하니 전중이[12] 생활인들 게서 더할까. 피 가진 사람으로서 어찌 고향인들 안 그립구 사람인들 안 아쉽겠나. 갇힌 새두 하늘을 그리워할랴니. 내가 그른지 놈이 악한지 뉘 알랴만 내 이 봉변을 당하구 가만 있을 줄 아나. 당장에 주재소에 가 고소를 하구 징역을 시키구야 말겠네. 그날이 나두 이곳을 벗는 날이야. 생각할수록 분하구 원통하구!"

입술을 꼬옥 무니 이슬 같은 눈물이 방울방울 솟아 상한 두 볼 위로 흘러내렸다. 점순도 덩달아 눈물이 솟으며 무도한 형태의 행실을 속으로 한없이 노여워하고 미워하였다. 만약 사내라면 그놈을 다구지게 해내고 싶은 생각도 들었고 간밤에 달려들이 말리지도 못하고 변이 일이닌 줄을 알면시도 그 자리를 피해 간 비겁한 행동을 그지없이 뉘우치기도 하였다. 반드시 태인과 남편 만손의 사이에 든 자신의 처지를 생각하여서가 아니라 참으로 마음속으로부터 서울집의 처지를 측은히 여겨서였다. 그러나 위로할 말을 몰라 다만 콧물을 들이켜면서 일상 쥐어 보고 싶던 서울집의 고운 손을 큰 손아귀에 징 긋이 쥐어 볼 뿐이었다.

3

형태는 부락스러운 고집에 겉으로는 부드러운 낯을 지니나 속으로는 심화가 솟아올라 그 어느 때나 술기에 눈알을 붉게 물들이고는 장거리에서 진종일을 보내곤 하였다. 옆 사람들 의 수군거리는 눈치와 소문을 유하게 깔아 버리고는 배포 유 하게 거들거렸다. 화풀이로 면장 운동에 마음을 돌리는 수밖 에는 없어서 술집에서 장 구장을 데리고 궁리와 책동에 해 가 는 줄을 몰랐다. 장 구장은 기왕에 구장으로 있다가 최 면장 이 들어서자 떨어진 축이어서 형태가 면장을 하게 되면 다시 구장으로 들어앉자는 것이 그의 원이었고 두 사람이 공모하 는 뜻도 거기에 있었다.

원래 면장 운동은 가제 시작된 것이 아니라 벌써 오래 전부 터의 형태의 책모하여 오던 바였다. 박달나무로 하여 돈을 벌 게 되자 마을에서 낯이 높아진 것이 그 원을 품게 한 근본 원 인이었고 면장이 되면 윗마을과 뒷마을에 있는 소유의 전답 에 유리하도록 마을 사람들의 부역을 내서 길과 도랑을 고쳐 내겠다는 것이 둘째 희망이었다. 그러나 그보다도 더 절실한 원인은 최 면장에 대한 감정이었으니 전에 역군을 다녔던 형 태가 지벌이 얕다고 최 면장에게서 은근히 멸시를 받고 있는

것과 아들 재수가 최 면장의 아들 학구보다 재물이 훨씬 떨어
지는 것을 불쾌히 여기는 편협심에서 오는 것이었다. 부전자
전으로 자기가 글을 탐탁하게 못 배운 까닭으로 자식도 그렇
게 둔재인가 하여 뒤치송할 재산은 있는데도 불구하고 재수
가 단지 재주가 부실한 탓으로 춘천고등보통학교도 칠 년 만
에야 간신히 마치고 나오게 된 것을 형태는 부끄러워하고 한
되게 여겼다. 한편 최 면장의 아들 학구는 재수와 동갑으로
한 해에 보통학교를 마쳤으나 서울 가서 윗학교를 마치고는
전문학교에까지 들어가게 되었다. 선비와 역군의 집안의 차
이를 실제로 눈앞에 보는 것 같아서 형태로서는 마음이 괴로
웠다. 최 면장은 어려운 가운데에서 자식 하나만을 바라고 그
에게 정성을 다 바쳤다. 몇 마지기 안 되는 땅까지 팔아 버렸
고 그 위에 눈총을 맞아 가면서도 면장의 자리를 눅진히 보존
해 가는 것은 온전히 자식 때문이었다. 학구가 학교를 졸업할
때까지는 아무런 일이 있어도 그 자리를 비벼 나갈 생각이었
다. 그런 점으로서 형태와는 드러나게 대립이 되어도 하는 수
없는 노릇이었다. 그러나 그뿐이 아니었다. 참으로 무서운 최
면장의 비밀을 형태는 손아귀에 움켜쥐고 있었다. 학비의 보
충을 위하여 회계원과 짜고 여러 번째 장부를 고치고 공금에
손을 댄 것이었다. 면장 운동에 뜻을 둔 때부터 형태는 면장
의 흠을 모조리 찾아내려고 하던 판에 회계원을 감쪽같이 매
수하여 그에게서 공금 횡령의 비밀을 샅샅이 들추어냈던 것

이다. 그런 눈치를 딸아채었는지 어쨌는지 최 면장은 모든 것을 모르는 체 다만 학구가 학교를 마칠 때까지를 목표로 시침을 떼는 것이었으나 형태는 형태로서 네 속 다 뽑아 쥐고 있다는 듯한 거만한 배짱으로 모든 수단이 다 틀리면 그 뽑아 쥔 비밀을 마지막 술책으로 쓰리라고 음특하게 벼르고 있었다. 하기는 그는 벌써 최 면장이 좀체 속히 물러앉지 않을 줄을 짐작하고 이번 읍내 길에서도 군수에게 공금의 비밀을 약간 귀띔하고 온 터였다. 군수는 기회를 보아서 내막을 철저히 조사시켜 폭로시킨 후 적당한 조처를 하겠다고 언약하였다. 군수를 그만큼까지 후리기에는 상당히 물재도 들었으니 이번 길만 하여도 꿀과 버섯의 선사뿐이 아니라 실상은 논 한 자리까지 남몰래 팔았던 것이다. 군수의 일상 원이 일등 명기를 앞에 놓고 은주전자 은잔으로 맑은 국화주를 마시는 운치였다. 일등 명기야 형태의 수완으로도 어쩌는 수 없는 것이었으나 은주전자 은잔쯤은 그의 힘으로도 족히 자라는 것이어서 이번 기회에 수백 금을 들여 실속 있는 한 쌍을 갖추어 준 것이었다.

군수가 사양치 않은 것은 물론이며 그렇게 여러 번째 미끼를 흐뭇이 들여놓고 이제는 다만 속한 결과를 기다리게만 되었다. 평생 원을 풀 수만 있다면 그 모든 미끼의 희생쯤은 그에게는 보잘것없이 허름한 것이었다. 군수의 인품을 믿고 있는 것만큼 조만간 뜻대로의 결과가 올 것이 확실은 하였으나 될 수 있는 대로 그것이 속하였으면 하고 마음은 늘 초조하였다. 더구나 가정의 변이 생긴 후로는 어떠한 희생을 내서라도 기어이 뜻을 이루어야만 세상 사람들의 조롱과 웃음의 몇 분의 하나라도 설치[13]가 될 것이요, 지금까지 애써 온 보람도 있을 것이며 맺힌 마음의 짐도 넌지시 풀어 부끄러운 집안의 변괴도 잊어버릴 수 있으리라고 생각되어 더욱 초조하였다. 술집에 자리를 잡고 허구한 날 거나하여서 충혈된 눈을 험상궂게 굴리곤 하였다.

장날 저녁이었다. 형태는 영월네 골방에서 장 구장과 잔을 거듭하다가 마침내 최 면장을 부르러 사람을 보냈다. 주석을 이용하여 마음을 떠보고 싸움을 거는 것이 요사이의 형태여서 장날과 평일도 헤아리지 않았다. 실상은 요사이 장 구장을 통하여 혹은 직접으로 그의 비밀을 한두 사람씩에게 차차 전포시키는 중이었다. 민심을 소란케 하여 그를 배반하게 하자는 생각이었다.

최 면장은 굳이 안 올 리가 없었으며 불과 두어 번 잔이 돌았을 때 형태는 차차 말을 풀어내기 시작하였다.

"정사에 얼마나 골몰한가. 덕택에 난 이렇게 술 잘 먹구 돈 잘 쓰구 태평하게 지내네만!"

돈 잘 쓴다는 말과 은근히 관련시키려는 듯이

"학구 공부 잘하나. 들으니 한다하는 사상가라지. 최씨 집안에야 인물이구말구. 그러나 쓸데없는 걱정 같지만 주의니 무어니 할 때 단단히 단속하지 않으면 까딱하다 큰일 나리. 푸른 시절에는 물들기두 쉽구 저지르기두 쉬운 법이요 더구나 이게 무서운 시절 아닌가. 어련하겠나만 사귀는 동무 주의하라고 신신당부해 두게.”

비꼬는 말인지 동정하는 말인지 속뜻을 알 수 없어 최 면장은 대답할 바를 몰랐다. 장 구장과의 틈에 끼여 어리삥삥할 뿐이었다.

“다 아는 형편에 뒤치송하기 얼마나 어렵겠소만 면장 이건 귓속말인데 사정두 딱하게는 되었소.”

은근한 말눈치에 어안이 벙벙하여 있을 때 장 구장은 입을 가까이 가져오며 짜장 귓속말로 무서운 것을 지껄였다.

“미안한 말 같지만 사직을 하려거든 지금이 차라리 적당한 시기인가 하오. 더 끌다가는 큰 봉변할 것 같으니 말요.”

면장은 뜨끔도 하였거니와 별안간 홍두깨같이 불쑥 내미는 불쾌한 말투에 관자놀이에 피가 바짝 솟아오르며 몸이 화끈 달았다.

“무슨 소리요?”

단 한 마디 짧게 퉁명스럽게 내쏘았다.

“노여워할 것이 아닌 것이 지금은 벌써 공연의 비밀이 되었소. 거리의 사람뿐이 아니라 멀리 읍내에까지두 알려져서 면내에서 모모 하는 사람들 사이에는 공론이 자자한 판이오.”

“대체 무슨 소리란 말요?”

　면장은 모르는 결에 얼굴이 불끈 달며 어성이 높아졌다. 구장은 반대로 이번에는 목소리는 낮추었으나 그러나 다음 마디는 천 근의 무게가 있는 것이었다.

　“아마도 윤 회계원의 입에서 말이 난 모양이오. 세상에서 누굴 믿겠소.”

　붉어졌던 면장의 낯은 금시에 새파랗게 질리며 입이 굳어지고 말문이 막혔다. 형태와 구장은 듬짓이 침묵하고 던진 말의 효과를 가늠 보고 있는 듯이 눈길을 아래로 향하였다. 불쾌한 침묵이었으나 그러나 면장은 즉시 침착을 회복하고 낯빛을 바로잡을 수 있었다. 설레지 않는 그의 어조는 막혔던 방 안의 공기를 다시 풀어 버렸다.

　“그만하면 말뜻을 알겠네만 과히 염려들 할 것은 없네. 일이라는 것이 나구 보아야 옳고 그른 것을 시비할 수 있는 것이지 부질없이 소문에 사로잡힐 것은 아니야. 난 나로서 충분히 내 각오가 있으니 염려들은 말게.”

　밉살스러우리만치 침착한 어조는 도리어 반감을 돋웠다. 형태의 말 속에는 확실히 은근한 뼈가 숨어 있었다.

　“각오라니 무슨 각온지는 모르겠으나 일이 크게 되뮤 낭패가 아닌가. 들으니 읍에서는 군수두 쉬이 출장 와서 조사를 하리라는 소문인데 그렇게 되뮤 무슨 욕이 돌아올지 헤아릴 수나 있나. 일이 터지기 전에 취할 적당한 방책두 있지 않을까 해서 일르는 말이 아닌가.”

마디마디 꼭꼭 박아 대는 말에 면장은 화가 버럭 나서 드디어 고성대갈 호통을 하였다.

"일르는 말이구 무엇이구 다 그만둬. 그 속 다 알고 그 흉계 뉘 모르리. 군수를 끼구 책동하는 줄두 다 안다. 내야 어떻게 되든 어디 할 대루 해 봐라."

"무엇을 믿구 큰소린구. 해 보구 말구 나중에 뉘우치지나 말게."

벌써 피차에 감출 것이 없어 속뜻과 싸움은 노골적으로 드러나게 되었다.

"뉘우칠 것두 없구 겁날 것두 없다. 무슨 술책들 써서든지 할대루 해 봐라."

면장은 붉은 낯에 입술은 푸르면서 육신이 부르르 떨렸다.

"이 사람 어둡기두 하다. 일이 벌써 어떻게 된 줄두 모르구 큰소리만 탕탕 하니."

"고얀 것들. 이러자구 사람을 불러냈어? 같지 않은 것들."

차려진 술잔을 밀쳐 버리고 면장은 성큼 자리를 일어섰다. 형태의 유들유들한 웃음소리가 터지자 참을 수 없는 노염에 술상을 발로 차 버리고 문밖으로 뛰어나갔다. 통쾌하다는 듯이 계획은 거의 다 성사되었다는 듯이 형태는 눈초리를 지그시 주름잡고 구장을 바라보면서 한바탕 웃음을 쳤다.

면장 운동에는 차차 성공하여 가는 형태지만 속은 늘 심화가 나고 찌뿌둥하여서 변괴가 있은 후로는 아직 한 번도 서울집에는 들어가지 않고 큰집이 아니면 거리에서 밤을 지내 오는 것이었다. 은근히 기뻐하는 것은 큰댁이어서 아들이 앓아 누운 것을 보면 뼈가 아프기는 하였으나 그러나 그것을 한 기회 삼아 한편 남편의 마음을 돌리기에 애쓰고 밖에 나가서는 일방 앓아 누운 서울집의 치성을 드리기가 날마다의 행사였다. 속히 일어나라는 치성이 아니라 그대로 살며시 가 버리라는 치성이었다. 밤이 어둑어둑만 해지면 남편 몰래 새옹[14]에 메를 짓고 맑은 물을 떠 가지고는 뒷동산 고목나무 아래나 성황 숲이나 개울가에 나가서 염라대왕에게 손을 모으고 비는 것이었다. 산귀신 물귀신 불귀신 귀신의 이름을 모조리 외우며 치마 틈에 만들어 넣었던 손각시를 불에도 사르고 물에도 띄우고 땅에 묻고 하여 은근히 서울집의 앞길을 저주하였다. 원래 강릉집 때부터 치성을 즐겨 하여 강릉집이 기어이 실족이 된 것은 온전히 치성 덕이라고 생각하였다. 서울집이 오면서부터는 더욱 심하여서 어떤 때에는 오십 리나 되는 오대산에 가서 고산 치성도 드렸고 내려오던 길에 월정사에 들러 연꽃 치성도 드렸다. 이번의 서울집의 변괴도 재수의 허물로는 돌리지 않고 치성 덕으로 서울집에게로 내려진 천벌이라고 생각하였다. 내친걸음에 서울집을 영영 없애 달라는 것이 치성할 때마다의 절실한 원이었다. 형태로서는 치성은 질색이어서 큰댁의 우매한 꼴을 볼 때마다 한바탕 북새를 일으키고야 말았다.

재수가 자리에서 일어나자 하루아침 가만히 도망을 간 것
은 여름도 한참 짙었을 때 형태의 심중이 가지가지 일에 무덥
게 지글지글 끓어오를 때였다. 한편 걱정되지 않는 바도 아니
었으나 차라리 한시름 놓은 것 같아서 시원도 했다. 신통치도
못한 조합 서기쯤 그만두고 멀리 가 버림이 마을 사람들의 기
억에서도 사라질 것이요, 차차 죄를 벗는 길도 될 것으로 생
각되어서 차라리 한시름 놓은 것 같았다. 다만 걱정되는 것
은 불미한 생각을 일으키고 그 어느 구석에 가서 자진이나 하
지 않았을까 하는 것이었다. 그날 아침 집안은 요란하게 설레
고 마을을 아래위로 훑으면서 헤매었다. 주재소에 수색원까
지 내고 들끓었으나 그러나 그렇게까지 걱정할 것이 없은 것
은 실상은 재수의 도망은 큰댁의 지시요 계책이었던 것이다.
그날 새벽 강에 나가 치성을 마친 큰댁은 아들을 속사리재 아
래까지 불러내서 등대하고 있다가 강릉서 넘어오는 첫 자동
차에 태워서 앞대로 내보낸 것이었다. 거리에서 차를 타면 들
킬 것을 염려하여 오 리 길이나 미리 나와 섰던 것이다. 전대
속에 알뜰히 모아 두었던 근 백여 소수의 돈을 전대째로 아들
에게 주면서 마을에서 소문이 사라질 때까지 어디든지 앞대
로 나가 구경 겸 어느 때까지든지 바람을 쏘이라는 당부를 거
듭하면서 운전수가 재촉의 고동을 몇 번이나 울릴 때까지 차
전을 붙들고 서서 눈물겨운 목소리로 서러워하였다. 그러나
물론 집에 돌아와서는 그런 눈치는 까딱 보이지 않으며 집안

사람에게 휩쓸려 도리어 아들의 간 곳을 걱정하는 모양을 보였다.

재수의 처치가 제물에 된 후로 파였던 형태의 마음 한구석이 파묻힌 것은 사실이었으나 그렇게 되면 서울집의 존재가 머릿속에 더한층 똑똑하게 떠올랐다. 그러나 그대로 어느 때까지 버려두는 수밖에 별다른 처리의 방책은 없었다. 한번 흠이 든 것이니 시원히 버려 볼까도 생각하였으나 도저히 할 수는 없는 노릇임을 깨달았다. 속사리 버덩의 일곱 마지기를 팔아 버린 것이 아까워서가 아니라 아무리 흠이 들었다고는 하더라도 아직도 그에게로 쏠리는 정을 끊어 버릴 수는 없었다. 정이란 마치 헝클어진 실뭉치 같아서 한쪽을 끊어도 다른 쪽이 매이고 끊은 줄 알았던 줄이 다시 걸리고 하여서 하루아침에 칼로 벤 듯이 시원히 끊어 버릴 수는 없는 노릇이었다. 포악스럽게는 굴었어도 아직도 서울집에 대한 정은 줄줄 헝클어져 그의 마음 갈피에 주체스럽게 걸리고 감기는 것이었다. 그 위에 세월이라는 것은 무서워서 처음에는 살인이라도 날 것 같던 것이 차차 분이 사라졌고 봉욱에 치가 떨리고 몸이 화끈 달던 것이 지금은 그것도 차차 식어 가서 그대로 가면 가을에 찬 바람이 나돌 때까지에는 분도 풀리고 마음도 제대로 가라앉을 것 같았고 일이 뜻대로 되어 면장으로나 들어앉게 되면 무서운 상처는 완전히 사라질 듯도 하였다. 다만 서울집의 마음이 자기의 마음같이 가라앉고 회복될까 하는 것이 의심이었다. 한때의 실책이었던지 그렇지 않으면 정이 벌어졌던 탓인지 그의 마음을 좀체 들여다볼 수는 없었다. 늘 밖을 그리워하는 눈치를 보아서는 마음속이 심상치 않은 것도 같았기 때문이다. 집에 누운 채 얼굴과 다리의 상처에는 약국에서 가져온 고약을 바르고 일변 보약을 달여 먹도록 시키기만 하고 형태는 아직 한 번도 들여다보지는 않았으나 서울집에 대한 의혹이 생길 때에는 불현듯이 정이 불꽃같이 타오르며 그를 만나고 싶은 생각이 유연히 솟아올랐다. 그럴 때에는 면장 운동보다도 오히려 더 큰 열정이 그를 송두리째 사로잡으며 서울집을 잃는다면 그까짓 면장은 얻어 해 무엇하노 하는 생각조차 들었다.

주석

＊사냥

1. 등대하다 미리 준비하고 기다리다.

＊고사리

1. 쥐알봉수 잔졸하면서 약은 사람을 놀림조로 이르는 말.

2. 감발적귀 감발저귀. '감바리'의 원말. 잇속을 노리고 약삭빠르게 달라붙는 사람.

3. 총중 한 떼의 가운데.

4. 가리산지리산 이야기나 일이 질서가 없어 갈피를 잡지 못하는 것을 이르는 말.

5. 기름종개 미꾸릿과의 민물고기. 미꾸리와 비슷하나, 몸은 엷은 누런 갈색에
   어두운 갈색의 세로띠 혹은 무늬가 있다. 얕고 맑은 하천이나 시냇
   물의 모래 속에 산다.

6. 열적다 '열없다'의 잘못. 좀 겸연쩍고 부끄럽다.

7. 경없다 '경황없다'의 잘못. 몹시 괴롭거나 바쁘거나 하여 다른 일을 생각할
   겨를이나 흥미가 전혀 없다.

8. 난질 여자가 정을 통한 남자와 도망하는 짓.

9. 무지르다 한 부분을 잘라 버리다. 말을 중간에서 끊다.

10. 해내다 상대편을 여지없이 이겨 내다.

11. 됩데 '도리어'의 강원도 방언. 예상이나 기대 또는 일반적인 생각과는 반대
    되거나 다르게.

12. 고림쟁이 '고림보'의 잘못. 몸이 약하여 늘 골골거리며 앓는 사람을 놀림조
    로 이르는 말.

13. 가살이 가살을 부리는 사람.

14. 두남두다 잘못을 두둔하다. 애착을 가지고 돌보다.

15. 삼굿 삼의 껍질을 벗기려고 삼을 찜.

16. 괘장 부리다 찬성한 일에 갑자기 딴전을 부리다.

17. 되술래잡다 잘못을 빌어야 할 사람이 도리어 남을 나무람을 이르는 말.

18. 곤댓짓 뽐내어 우쭐거리며 하는 고갯짓.

19. 나배기 '나이배기'의 준말. 겉보기보다 나이가 많은 사람을 낮잡아 이르는 말.

20. 막우발방 마구발방. 분별없이 함부로 하는 말이나 행동.

21. 가리 곡식이나 장작 따위의 더미를 세는 단위. 한 가리는 스무 단이다.

22. 가댁질 아이들이 서로 잡으려고 쫓고, 이리저리 피해 달아나며 뛰노는 장난.

＊수탉

1. 새뤄 새로에. '고사하고', '그만두고', '커녕'의 뜻을 나타내는 보조사.

2. 우빈 '우빈하다'의 어근. 우둔하고 빈곤하다.

3. 잗다랗다 아주 자질구레하다. 볼만한 가치가 없을 정도로 하찮다.

4. 원잠종 좋은 누에씨를 받으려고 계통을 바르게 한 누에씨.

＊들

1. 라무네 물에 설탕과 포도당 용액을 첨가하고, 라임이나 레몬 향을 첨가한 일
   본 탄산음료.

2. 기이다 옳지 못한 일을 남의 눈을 속여 슬쩍 하다.

3. 허랑하다 언행이나 상황 따위가 허황하고 착실하지 못하다.

4. 꾀바르다 어려운 일이나 난처한 경우를 잘 피하거나 약게 처리하는 꾀가 많다.

5. 띄다 '똥기다'의 잘못. 모르는 사실을 깨달아 알도록 암시를 주다.

6. 야취 자연의 아름다움에서 느끼는 흥취.

7. 시룽시룽 경솔하고 방정맞게 까불며 자꾸 지껄이는 모양.

*석류

1. 거쿨지다 몸집이 크고 말이나 하는 짓이 씩씩하다.

2. 원족 소풍.

3. 솔가 온 집안 식구를 거느리고 가거나 옴.

4. 금계랍 '염산키니네'를 달리 이르는 말. 키니네를 염산에 화합시켜 만든 바늘
모양의 흰 가루. 맛이 쓰고 물과 알코올에 녹는다. 해열 진통제로 쓰
인다.

5. 공칙하다 일이 공교롭게 잘못된 상태에 있다.

6. 종시 끝내.

*메밀꽃 필 무렵

1. 각다귀 남의 것을 뜯어먹고 사는 사람을 비유적으로 이르는 말.

2. 얼금뱅이 얼굴이 얼금얼금 얽은 사람을 낮잡아 이르는 말.

3. 드팀전 예전에, 온갖 피륙을 팔던 가게.

4. 나꾸다 '낚다'의 경상도 방언. 꾀나 수단을 부려 사람을 꾀거나 명예, 이익 따
위를 제 것으로 하다.

5. 고리짝 키버들의 가지나 대오리 따위로 엮어서 상자같이 만든 물건. 주로 옷
을 넣어 두는 데 쓴다.

6. 화중지병 그림의 떡.

166

7. 짜장 과연 정말로.

8. 난질꾼 술과 색에 빠져 방탕하게 놀기를 잘하는 사람을 낮잡아 이르는 말.

9. 닦아세우다 꼼짝 못하게 휘몰아 나무라다.

10. 부락스럽다 우락스럽다. '우악스럽다'의 평안도 방언. 보기에 무지하고 포악
　　　　　하며 드센 데가 있다.

11. 상수 가장 좋은 꾀.

12. 항용 흔히 늘.

13. 전방 물건을 늘어놓고 파는 가게.

14. 대근하다 견디기가 어지간히 힘들고 만만하지 않다.

15. 해깝다 '가볍다'의 경상북도 방언.

16. 아둑시니 '어둠의 귀신'의 방언. 눈이 어두워서 사물을 제대로 분간하지 못
　　　　　하는 사람을 비유적으로 이르는 말.

*산

1. 깨금 '개암나무 열매'의 방언.

2. 인총 한곳에 많이 모인 사람의 무리.

3. 개꿀 벌통에서 떠낸, 벌집에 들어 있는 상태의 꿀.

4. 사경 머슴이 주인에게서 한 해 동안 일한 대가로 받는 돈이나 물건.

5. 계책 어떤 일을 이루기 위하여 꾀나 방법을 생각해 냄. 또는 그 꾀나 방법.

6. 졸색 아주 못생긴 용모. 또는 그런 용모의 여자.

7. 가살스럽다 보기에 가량맞고 야살스러운 데가 있다.

8. 개 꿀벌이 그 유충을 기르거나 꽃꿀, 꽃가루 따위를 저장하기 위하여 만든
　　　　벌집. 배마디에 있는 납선에서 밀을 분비해서 짓는다.

9. 지지부레하다 모두가 보잘것없이 변변하지 아니하다.

10. 오랍뜰 '오래뜰'의 강원도 방언. 대문이나 중문 안에 있는 뜰.

*돈(豚)

1. 종묘장(種苗場) 식물의 씨앗이나 모종, 묘목 따위를 심어서 기르는 곳.

2. 씨돝(種豚) 씨를 받으려고 기르는 돼지.

3. 무지러지다 물건의 끝이 몹시 닳거나 잘리어 없어지다. 중간이 끊어져서 두
동강이 나다.

4. 쟁그랍다 보거나 만지기에 소름이 끼칠 정도로 조금 흉하거나 끔찍하다.

5. 후미끼리 건널목.

*도시와 유령

1. 비덩 높고 평평하며 나무는 없이 풀만 우거진 거친 들.

2. 노리 '풀'을 뜻하는 일본어.

3. 도수장 도살장. 고기를 얻기 위하여 소나 돼지 따위의 가축을 잡아 죽이는 곳.

4. 고지기 관아의 창고를 보살피고 지키던 사람.

5. 정전(正殿) 왕이 나와서 조회를 하던 궁전.

6. 신장대 무당이 신장(神將)을 내릴 때에 쓰는 막대기나 나뭇가지.

7. 땡삐 '땅벌'의 강원도 · 경상도 방언

8. 시구문 시체를 내가는 문이라는 뜻으로, '수구문'(水口門)을 달리 이르던 말.

9. 달랭이 실을 감아서 북 안에 넣는 속이 빈 막대기. 또는 그 막대기에 실을 감
은 것.

10. 경홀하다 말이나 행동이 가볍고 탐탁하지 않다.

11. 어사무사하다 생각이 날 듯 말 듯 하다.

12. 임리 피, 땀, 물 따위의 액체가 흘러 흥건한 모양.

*개살구

1. 우찻바리 짐을 가득 실은 우차(牛車).

2. 앞대 어떤 지방에서 그 남쪽의 지방을 이르는 말.

3. 휘줄거리다 자꾸 휘젓고 다니면서 우쭐거리다.

4. 괘사 변덕스럽게 익살을 부리며 엇가는 말이나 짓.

5. 개궂다 '짓궂다'의 경상북도 방언.

6. 등하불명 등잔 밑이 어둡다는 뜻으로, 가까이에 있는 물건이나 사람을 잘 찾
   지 못함을 이르는 말.

7. 불측하다 생각이나 행동 따위가 괘씸하고 엉큼하다.

8. 가가 '가게'의 원말.

9. 충충대다 마음이 움직이게 충동질하다.

10. 인금 사람의 가치나 인격적인 됨됨이.

11. 사특하다 요사스럽고 간특하다.

12. 전중이 징역살이히는 사람을 속되게 이르는 말.

13. 설치 부끄러움을 씻음.

14. 새옹 놋쇠로 만든 작은 솥. 배가 부르지 아니하고 바닥이 편평하며 전과 뚜
    껑이 있다. 흔히 밥을 지어서 그대로 가져다가 상에 올려놓는다.

원초적 애욕과 자연의 생명력
-이효석의 작품 세계

여러분은 어떤 이야기를 좋아하나요? 판타지를 즐겨 읽는 친구도 있을 테고 공상이나 추리물을 찾는 친구도 있을 겁니다. 음, 성적(性的)인 얘기는 어때요? 점잖은 체면에 무슨 말이냐고요? 그런 건 친구들끼리 은밀하게 얘기하거나 홀로 '야동'으로나 보는 걸로 여기나요? 실제로는 이성 친구를 원하고 이차 성징을 겪기도 하면서 말이에요. 고민은 많지만 털어놓을 만한 어른을 찾기도 어려웠겠죠.

일제 강점기를 살다간, 우리나라 단편소설의 대가인 이효석 작가의 생각은 달랐습니다. 그는 성(性)과 애욕(愛慾)을 인간의 가장 근본적이고 중요한 감정으로 봤습니다. 우선 그는 인간의 애욕을 아주 자연스럽게 생각해서 동물과 다를 바 없다고 여겼습니다. 「들」에는 개가 교미하는 장면에서 남녀가 만나고 「돈」의 주인공은 수퇘지 씨를 받는 암퇘지를 보며 떠나간 '분이'를 떠올린답니다. 「메밀꽃 필 무렵」에서는 주인공을 비유하는 나귀가 발정하고 「고사리」에서는 '갑내집'의 몸을 구렁이 같다고도 합니다. 동물의 생식욕과 인간의 애욕을 비슷하게 본 것이지요. 아이와 늙은이라고 해서 예외는 아니고요. 그러니 그에게 있어 인간의 애욕은, 수치스러운 것도 감출 것도 아닌, 자연이 주는 생명력이요 원초적인 에너지랍니다. 어때요? 이제 여러분의 성적인 관심이나 징후들도 아주 자연스러운 것임을 알겠지요?

청소년의 고민과 갈등을 드러낸 소설들

이효석 하면 대개 「메밀꽃 필 무렵」을 떠올리지만 저는 먼저 그가 훌륭한 청소년소설을 남긴 작가로 자리매김 되어야 한다고 생각합니다. 이 책에 소개된 「고사리」, 「돈」, 「사냥」, 「수탉」이 바로 그것인데 모두 청소년이 주인공으로 나옵니다. 「고사리」의 '인동'은 어른을 무서워하지 않아 맞대놓고 싸우는 '홍수'를 부러워합니다. 그래서 홍수를 따라 목욕하는 '갑내집'을 훔쳐보고 담배도 배우지요. 급기야 홍수가 사 준 반지로 '순자'를 유혹해 육체관계까지 갖습니다. "순사가 담배보나 갑절 너 무섭나"고 생각하면서 말입니다. 스스로 부끄럽고 두렵다가도 즐겁고 대견하게 여기는데, 큰일 났습니다. 홍수가 벌거벗은 채로 여자 친구 아버지에게 그만 잡혀 버렸습니다. 많이 혼났겠지요? 인동도 뜨끔했고요. 하지만 남녀관계란 드러내지 않을 뿐 어른들도 다 하는 일이잖아요. 그래서 인동은 다시 기운을 차리고 순자와의 만남을 떳떳하게 생각하게 됩니다. 어른의 세계로 진입하는 청소년의 내면을 드러낸 멋진 작품입니다. 「돈」의 '식이'는 살림에 보탬이 될 돼지를 정성껏 키워 종묘장, 씨돝에게 데리고 갑니다. 재산을 늘리려면 빨리 임신을 시켜야 하거든요. 식이는 어린 암퇘지를 보며 분이를 그리워하는 한편 자신도 얼른 돼지를 팔아 도시로 나가 분이와 함께 노동자로 살고 싶어합니다. 그런데 혼자만의 상상에 너무 빠져서 기차가 지나가는 줄도 모르고 건널목을 건넜지 뭡니까. 퍼뜩 정신을 차려보니 자신은 살았는데 돼지는 흔적이 없습니다. 황당하고 슬픈 반전이 돋보이는 작품입니다. 「사냥」의 주인공 '학보'는 노루사냥을 미친 짓이라고 생각합니다. 인간만큼 짐승도 중요하니까요. 학보는 도망간 노루를 다행으로 알고 잡힌 노루가 불쌍해 며칠 동안 기운 없이 지내다가 어머니가 요리한 고기를 아주 맛있게 먹습니다. 노루고기인 줄 알고 후회하지만 이미 때는 늦었습니다. 자, 여러분 같으면 어쩌겠습니까? 모순된 상황에 놓인 학보의 심정을 공감할 수 있겠지요? 「수탉」의 '을손'은 누에학교 학생인데 능금을 서리하다 들켜 무기정학을 받고 여자 친구에게도 버림받게 됩니다. 한 달 수업료인 수탉 두 마리처럼 초라하게 집에 있는데 "거적눈에 한쪽 다리를 절고 옆집 닭에게 물어 뜯기기나 하는" 수탉이 딱 자기 모습 같은 거예요. 그래서 자기도 모르게 수탉을 죽이게 됩니다. 자신이 죽도록 미울 때가 있었다면 이런 행동을 하는 을손의 심정도 이해할 수 있겠지요.

이웃에 대한 연민을 거쳐 자연의 생명력을 담은 서정소설

이제는 「메밀꽃 필 무렵」을 이야기하겠습니다. 이 소설이 한국을 대표하는 단편소설로까지 평가받는 이유는 무엇일까요? 우선 파장 무렵에서 달이 어지간히 기울기까지의 시간, 봉평장에서부터 벌판까지라는 공간의 구체적인 명시가 단편소설답다고 할 수 있습니다. 현재 시점에서 이야기가 진행되다가 회상 부분을 삽입한 다음 다시 현재로 넘어오는 것도 적절합니다. 무엇보다 "털이 바스러지고 개진개진 젖은 눈, 몽당비처럼 짧은 꼬리를 가진 늙은" 나귀가 중요하답니다. '허 생원' 같지 않나요? 맞습니다. 그래서 우리는 "늙은 주제에 암샘을 내는" 나귀를 보며 허 생원 역시 애욕을 가진 인간임을 알게 되고, 나귀가 읍내 강릉집 피마에게서 새끼를 얻듯이 '동이'가 그의 아들이길 바라게 됩니다. 동이의 등에 업힐 때 허 생원이 느끼는 그 따뜻한 기운도 전달받는 거고요. 또 이 소설은 비유와 묘사가 탁월합니다. 길과 마을, 메밀꽃밭과 달빛 등을 세세하고 아름답게 그려 내고 있습니다. 그리하여 서정적 소설, 수필 같은 소설이라는 찬사를 받습니다. 하지만 단점도 있습니다. 소설은 일차적으로 그 시대의 인간과 사회의 모습을 잘 드러내야 한다는 관점에서 보면 서사성이 약하고 갈등이 빈약해 보이니까요.

인간의 내면과 사회의 갈등을 해결하지 못한다는 점은 「산」과 「들」도 자유롭지 못합니다. 마을에서 머슴살이를 하던 '중실'은 산으로 거처를 옮기고 학교에서 쫓긴 '학보'는 들사람이 됩니다. 자연의 아름다움을 진정으로 체험하고 자연이 주는 혜택을 한껏 누리지요. 하지만 문제가 발생한 터전에서 열심히 부딪치고 싸우는 모습이 없다는 건 비판의 여지가 있습니다. 두 눈 부릅뜨고 싸워나갔으면 좋겠는데 무조건 산이 좋다, 들이 좋다고만 하고 있으니 도망치는 느낌이 드는 겁니다.

하지만 초창기 작품은 그렇지 않았답니다. 민중이 대접받는 세상을 꿈꾸며 사회 부조리에 대한 비판을 아끼지 않았습니다. 소설적인 기법이나 묘사력은 다소 약할지 몰라도 고발정신이 강한 「도시와 유령」이 그 대표작이라 할 수 있습니다. "문명을 자처하는 서울에서의 유령목격담"인 이 소설에서 유령이란 다름 아닌 굶주리고 핍박받는 우리네 이웃들임이 밝혀지거든요. 가난한 이들에 대한 연민을 드러내는 한편 사회와 국가의 책임을 촉구하는 것입니다.

「석류」와 「개살구」는 발굴한 이의 정성을 느낄 수 있는 작품입니다. 수록된 책을 찾아보기 어려우니까요. 「석류」에는 병든 여교사가 사랑하는 사람과의 추억에 잠기는 모습이 안타깝게 그려져 있고 「개살구」에는 사랑을 소유하려는 남자와 자유롭게 사랑하려는 여자의 갈등이 그려져 있습니다. 분량이 꽤 길지만 어른들의 세계를 미리 엿보는 재미가 있습니다. 물론 「메밀꽃 필 무렵」 같은 묘사의 탁월함과 문장의 아름다움도 발견할 수 있을 것입니다.

— 강 미(작가)

All Ages' Classics

올 에이지 클래식은 시대와 나이를 초월하여
10살부터 100살까지 늘 우리의 삶과 함께하는
소중한 친구 같은 책입니다.

메밀꽃 필 무렵

펴낸날 초판 1쇄 2011년 9월 30일
지은이 이효석 | **펴낸이** 신형건 | **펴낸곳** (주)푸른책들
등록 제321-2008-00155호
주소 서울특별시 서초구 양재천로7길 16 푸르니빌딩(양재동 115-6) (우)137-891
전화 02-581-0334~5 | **팩스** 02-582-0648
이메일 prooni@prooni.com | **홈페이지** www.prooni.com

ISBN 978-89-6170-243-0 04810
＊잘못된 책은 구입한 곳에서 바꾸어 드립니다.

© (주)푸른책들, 2011
＊이 책 내용의 일부 또는 전부를 재사용하려면 반드시 (주)푸른책들의
서면 동의를 얻어야 합니다.

이 도서의 국립중앙도서관 출판시도서목록(CIP)은 e-CIP홈페이지(http://www.nl.go.kr/ecip)와
국가자료공동목록시스템(http://www.nl.go.kr/kolisnet)에서 이용하실 수 있습니다.
(CIP세어번호:CIP2011003327)

표지그림 | 양상용

보물창고는 (주)푸른책들의 유아, 어린이, 청소년 도서 전문 임프린트입니다.